小さな悪魔

アン・メイザー
田村たつ子 訳

ハーレクイン
SP文庫

WHISPER OF DARKNESS

by Anne Mather

Published by Harlequin Japan,
a Division of K.K. HarperCollins Japan, 2025

アン・メイザー

イングランド北部の町に生まれ、現在は息子と娘、２人のかわいい孫がいる。自分が読みたいと思うような物語を書く、というのが彼女の信念。ハーレクイン・ロマンスに登場する前から作家として活躍していたが、このシリーズによって、一躍国際的な名声を得た。他のベストセラー作家から「彼女に憧れて作家になった」と言われるほどの伝説的な存在。

◆主要登場人物

ジョアンナ・シートン……家庭教師。
リディア・サットン……ジョアンナの名付け親。
ミセス・シートン……ジョアンナの母親。
ジェイク・シェルドン……元コンピューター技師。
アントニア・シェルドン……ジェイクの娘。愛称アニヤ。
マーシャ・ハンター……ジェイクの妹。リディアの親友。
ポール・トレバー……シェルドン家の隣家の長男。

1

レーブンガースに行くにはこの曲がりくねった細い坂道を上がっていくしかないと、踵《かかと》の高いブーツをひやかすようにちらっと見やりながらバスの運転手は言った。タイヤの跡がある低い石垣沿いの道は、昨夜の雨のせいでぬかるんでいる。

「あそこまで、ろくな道は通じちゃいませんよ」

「そんなはずないわ」とジョアンナは言ったが、乗客たちの不満げなひそひそ声を耳にして、自分がバスの出発を引き止めていることに気づいた。重いスーツケースを引きずってバスから降り、彼女は走り去る車の排気ガスにせきこんだ。

道路と呼ぶにはお粗末な道の両側には細い水路があって、秋のフルーツに枝をたわませる生け垣が茂っている。バスが走り去ったあとの唯一の物音は、遠くから聞こえる羊の鳴き声だけだった。人里離れたうら寂しさに、ジョアンナはいつにない不安に襲われた。

肩をいからし、彼女はかすかな不安をきっぱりと追いやった。今さら後悔しても始まらない。ようやく仕事にありついてとにかくここまで来たのだから。仕事がなんであれ、この六カ月間、母と二人でしのいできたその日暮らしよりはましだろう。

そう思いながらも、ぬかるんだ道を慎重に歩き始めたジョアンナは、自分の予想の甘さに顔をしかめずにはいられなかった。

ようやく坂を上りきったところで立ち止まり、呼吸を整えながら、あとどれくらい歩かなければならないのだろうと前方を見渡した。この先、小道はしばらく下り坂になって小さな森の中に消えていき、木立の向こうに煙突が見える。あそこがレーブンガースに違いない、とジョアンナは腹立たしげに考えた。少なくともあと一キロはありそうだ。だれかが迎えに来てもよさそうなものなのに。ペンリスからレーブンズミアまで走るバスはそう多くはないし、当然、列車の到着時刻くらい調べられるはずではないか？

再びスーツケースをとり上げて坂を下り始めた彼女はすぐに、今までやっとの思いで上ってきた道も、下り坂に比べればはるかに楽だったことを思い知らされるはめに陥った。足をのせると泥に埋まった石が動き、何度か石垣に手をつかなければならなかった。ネービーブルーのスエード製ブーツが泥まみれになると思うだけでぞっとさせられた。

小さな森の手前にある門《ゲート》にたどり着くころ、ジョアンナはくたくたで、秋の色に染まった周囲の丘の美しさにも少しも心を動かされなかった。

ひんやりとした九月の午後にふさわしく、ジョアンナはローズ色のニットドレスの上にワインカラーのスエードコートを着ていた。名づけ親で昔から親しくしているリディア・

サットンに、湖沼地帯はかなり冷えるから、そのつもりで身支度をするようにと忠告されていたので、なんの疑いも抱かずに言われたとおりにしてきたのだった。しかし実際には、ブーツはそれなりに役立ったものの、こんなに着こむ必要はなかった。ゲートの中に立てられた〝私有地につき立ち入り禁止〟の掲示が、ほんの一瞬ジョアンナの興味を引いた。間違いなく、シェルドンという人物は訪問客を歓迎しないタイプらしい。リディアの話によると、ミスター・シェルドンは世の中との接触を極端に嫌っているということだ。

森の鳥たちはすでに夜を迎える準備をしており、昨夜の雨で地面に落ちた小枝や枯れ葉を踏みしだくぱりぱりという音に驚いたのか、いっせいに抗議の鳴き声をあげた。この私道はランドローバーが通れるほどの幅はあったが、シェルドン家に雇われる人間には車に乗るという恩恵も与えられそうになく、ますます重みを増すスーツケースに、ジョアンナは唇をかんだ。

そのとき起こった突然の出来事に、感覚を失った指の間からスーツケースが滑り落ちた。銃が発砲されたものすごい爆音が森の中にとどろき渡り、鳥たちはいっせいに空に舞い上がった。ジョアンナには鳥たちの驚きが理解できた。彼女にしても、羽があったら飛んで帰りたい気分だったから。しかしそうするわけにもいかず、全身を震わせながらもなんとかその場に踏みとどまり、木立の陰から目の前に飛び出してきた小柄な人影を見つめた。

いったいどういうことなの？　まだ硝煙のけむるショットガンを手に向かい合った攻撃的な生きものを見つめ、ジョアンナは心の中で問いかけた。汚れたジーンズとぼろぼろのセーター、まぶかにかぶった帽子。密猟でもしていたのだろうか？　百三十五センチほどの身長からして、おそらくまだ少年に違いない。

だからといって安心は禁物だ。近ごろの子どもは平気で凶悪な犯罪を犯すし、いずれにしても散弾を詰めこんだショットガンに逆らえるはずもない。密猟を告げ口する意思はないことをなんとか相手に伝えようと、ジョアンナはびくびくしながら一歩前に進み出た。

「動くんじゃない！」

押し殺したような声だったが、意味ははっきりしており、ジョアンナは唇をなめて話しかけた。

「もしあなたがそこをどいてくれたら、ここで見たことはだれにも言わないわ。あなたが何をしようと関係ないことですもの。私はただこの道を進みたいだけで……」

「レーブンガースに行くつもりなのは知っているさ」少年はしわがれた声で言った。「でもあそこには行かせない。あんたなんか必要ないんだ。命があるうちに今来た道を引き返したほうが身のためさ」

ジョアンナは自分の耳が信じられなかった。こんなことがあるはずはない。今にも目がさめて、フラットのベッドの中にいるのに気づくだろう。そしてレーブンガースのことも、手に負えない娘を持ったジェイク・シェルドンのことも、リディア・サットンの頭の中の単なる一案にすぎなかった時点に戻るだろう。

ところが、どうやらこれは悪夢ではなさそうだった。ジョアンナが無意識のうちにもう一歩前に踏み出したとたん、森は再び耳をつんざくショットガンの響きに震えた。ジョアンナは慌てて後ろに下がり、スーツケースにつまずいて落ち葉の上にずしんとしりもちをついた。

次に起こったことはショットガンの音と同じくらいのショックを彼女に与えた。子どもがいきなり笑い出し、その楽しげな甲高い声は、まだ発砲の余韻で震えているあたりの空気を満たした。恐怖のさなか、コートが台無しになったことへの忿懣《ふんまん》を覚えながら、ジョアンナは、アントニア・シェルドンについてリディアが言ったことを必死で思い出そうとした。けれど、彼女が十一歳であることと、すでに三人の家庭教師を追い出した前歴があることくらいしか思い浮かばなかった。

しかしジョアンナが立ち上がるより先に、子どもの後ろの森の中から背の高い男性が現れ、小さな手からショットガンをもぎとってその子の襟首をしっかりとつかみ、彼女のほうに向き直った。

ジョアンナは、震える足が許す限りの優美さを保って立ち上がり、泥だらけの落ち葉を払い、冷静さをとり戻そうと必死だった。それぞれの敵意で見つめられていることを意識し、ジョアンナは今の今まで、自分がどういう人に雇われようとしているのか、考えてもみなかったことを思い知らされていた。もしこの男性が雇い主だとしたらまったくイメージとはかけ離れている。それほどの年ではないにせよ、病弱で老けこんだ男性だとばかり思っていたのだから。

「ミス・シートン？」子どもがわめくのを無視してその男性は尋ね、ジョアンナはうなずいた。「もしけががなかったらこちらへ」

なんて態度だろう！　謝罪の言葉も説明もなく、おまけに、今やコートと同じように泥だらけになったスーツケースを持とうとも言わないなんて！　彼はただ、叫び立てる子どもを追い立て、安全装置をセットしたショットガンをあいたほうの腕にかけ、すたすたと歩き始めただけだった。もちろん、銃と子どもとスーツケースを一度に持つことは難しいだろう。でもひと言くらいわびてもばちは当たるまい。

きっと唇を引きしめ、ジョアンナはスーツケースを持ち上げて彼らのあとに続いた。疲れに加えて今や足まで震えており、このおうへいな扱いに新たな怒りがわき起こってくる。こんなところまで来てあげたのはこっちのほうなのだ。ここに来る必要はなかったし、居残る必要もない。もし今までの家庭教師がこんな扱いを受けたとしたら、だれひとり居つかなかったのも当然ではないか？

丘の上の森を抜けると、下のほうに水音をたてて小川が流れる傾斜地に出た。その斜面を半分ほど下った中腹に、さっきちらっと見えた家が建っている。細い道は石の門柱までくねくねと続き、母屋のまわりには牛舎やガレージなど、お決まりの付属建物が散らばっていた。思ったより家は大きかったが手入れが行き届いているとはいえず、ひょっとしたら家庭教師ばかりか、家政婦まで居つかないのだろうかとジョアンナは考えた。

ジョアンナは前を歩く男性の顔をまだはっきり見てはいなかった。木立の陰では大まかな印象しかつかめなかったし、細かい部分に注意を向けるにはあまりにも動揺していたのだ。彼は背が高くてたくましく、やせているとはいえないがスリムなタイプで強靭《きょうじん》な長い脚はいかにも敏捷《びんしょう》そうだった。この人がジェイク・シェルドン？　そんなことがありうるだろうか？　いずれ彼が振り向き、リディアが言っていた例の傷跡を見せてくれればはっきりするのだが。

それにしてもなんという子どもだろう！　森で出会った小さな悪魔が十一歳の少女だなんて、とても信じられない。それに、あんな格好で森の中を駆け回ることを許し、弾丸《たま》を詰めたショットガンまで持たせておくとは、いったいこの父親は何を考えているのだろう？　自分自身を、そしてジョアンナを、殺す可能性だってあったのだ。

レーブンガースの門に着くころ、子どもの叫び声はすすり泣きに変わっていたが、ジョアンナは同情しなかった。危険きわまりない武器を振り回すなんて頭がどうかしているのだ。こんな子どもを教えなければならないと思うだけで、ジョアンナの自信はぐらついた。

さらに歩いていくと二匹のロングヘアシープドッグがほえたて、警戒心からというより嬉《うれ》しさに興奮して彼らを迎えに飛び出してきた。二匹の犬は主人とそのお荷物に尾を振ってじゃれつき、それから新参者を調べにやって来て、間もなく仲間として認めたようだった。番犬としては役に立たないけれど——ジョアンナは多少意地悪く考えた——ペットとしてなら申し分なくかわいい犬たちだ。

すえたにおいのする薄暗い玄関ホールに入ると、彼は部屋でおとなしくしているように言って娘のおしりをぴしゃっとたたき、それから左手のドアのほうに向き直ってジョアンナについてくるように合図した。

ほっとしてスーツケースを下ろし、体をまっすぐにしたとたん、階段の手すりから危なっかしく身を乗り出している小生意気な子どもの視線に気づき、ジョアンナはたった今父親がしたお仕置きを、おまけつきで返してやれたらどんなにいいだろうと考えた。私がこの仕事を引き受けるとしたら——いくら虚勢を張っても大してえり好みの許される立場ではなかったが——アントニア・シェルドンは遅かれ早かれ、小心な老嬢を相手にしているわけではないことを思い知るだろう。

彼が入っていった部屋は書斎といった感じの部屋だったが、ほとんどの棚は本の代わりにスケッチブックらしきものに占領されていた。壁や本棚に立てかけてあったり、机や椅子の上に広げられていたり、ところかまわずキャンバスが置いてあって、空気はオイルくさく、忘れられたような本棚からはかすかにかびくさいにおいが漂ってきた。

彼は窓辺の机のわきに立った。どんよりした空はそれほど明るくはなかったが、傷跡のある顔を見るには十分で、ジョアンナはこの男性がジェイク・シェルドンであることを確信した。

「どう?」彼は挑戦するように言った。「あまり自慢できる顔ではないが。しかしこのことはすでにだれかから聞いてきたに違いない」

これほど風変わりな仕事を紹介された人がほかにいるだろうか? 男の子みたいな服装と口のききかたをする子どもと、事故のせいで仕事ばかりかマナーまでも失ってしまったらしい父親。話によると、彼は頭脳明晰《めいせき》な数学者、腕のいいエンジニア、頭にコンピューターを内蔵した男、ということだった。それなのに今目の前にいる男性ときたら! 粗野な農夫、日曜画家、そして手のつけられない娘の父親。

ジェイク・シェルドンは自分の容貌《ようぼう》を故意にさらしてジョアンナの反応をうかがっている。確かに傷跡はあるがまったく不快なものではなく、かえってある種の強さと野性味を添えていた。女性の中には荒々しいその顔立ちを魅力的だと思う人もいるだろう。それにしてもリディアと母は彼の本当の年齢を知っていたのだろうか? リディアの説明はあいまいで、十九歳の息子がいるのだからおそらく中年過ぎの男性に違いない、といった程度のものだった。しかし、目の前にいる男性はたぶん四十前だろう。

「舌をなくした？」ジェイクは机の上のキャンバスを軽くはじいた。

「ここでお嬢さんの家庭教師を探していらっしゃると、私の名づけ親のレディー・サットンから聞きましたので」ジョアンナはようやく勇気を奮い起こした。「私を出迎えてくれたあの子どもが、お嬢さんですのね？」

下唇を突き出すようにして、彼はジョアンナのいくぶん乱れた服装を調べるように見回した。

「アントニアに代わって謝るべき、かな？」

「本人が謝るべきじゃありません？」腹立ちを抑えてジョアンナは言い返した。「これからは銃を持って駆け回ることを禁じるべきだと思いますわ」

「君ならそうする？」

「はい」そう答えて精いっぱい体を伸ばしたが、それでも百六十五センチの身長は彼の背の高さには及びもつかなかった。「当然じゃないでしょうか？　森の中で私を殺すこともできたんです。まだあの子にはわかっていない……」

「とてもよくわかっている」黒い眉をひそめてジェイクは厳しく遮った。「銃の扱いは二年前から教えているから、君に危険はなかった」この驚くべき事実を相手に理解させようと、彼は言葉を切った。「しかし君はだいぶ怖《お》じ気づいていたようだが」

「怖じ気づくですって！　あの子がだれで、何をしていたのか、私にわかるはずはなかったんです。汚れた男の子の服を着て銃を持っていれば、仕事を邪魔されたこそどろか密猟者と思うのは当然です！」

「君は想像力豊かな女性らしい、ミス・シートン。残念ながら、実はもう少し現実主義的な人を求めていたのでね」

ジョアンナは今までこれほどの冷淡さで扱われたことはなかったし、これほどのいらだちを経験させられたこともなかった。自分が何を期待していたのかはっきり意識していたわけではなかったが、こんな待遇を予期していなかったのは確かだった。仕事などいらないとたんかを切りたかったが、何もしないうちにロンドンに帰れば母がどんなにがっかりするだろうと思うと、口をつぐむしかなかった。

「そこにかけて」彼は背もたれの高い椅子を指さした。「もう少し穏やかに話し合おう。妹のマーシャから聞いた限りでは、君には教師の経験がなく、なかなか仕事が見つからなかったそうだね？」

ジョアンナは言われるままに椅子に腰かけた。間違いなく彼は率直だ、と彼女はむっとしながら考えた。いや、それとなく嘲笑《ちょうしょう》を含んだ言いかたを表現するには、おうへいと言ったほうが当たっているかもしれない。

「仕事をするようになるとは思ってもみなかったのです、ミスター・シェルドン。父が亡くなるまでは……」

「そのことは知っている」ジェイクは不機嫌に遮り、キャンバスを乱暴に床に下ろして机の向こうの椅子に座った。「上流社会の箱入り娘だったと聞いている。しかし君の身の上話には興味はないんだ。それより、十一歳の子どもを教えるための君の能力について聞かせてもらいたい」

ジョアンナはあきれて相手を見つめた。よくもそんな口がきけるものだ。この荒れ果てた家に住み、野蛮人と大して変わらない娘を弁護し、女教師の話を聞くほどの寛大さをありがたく思えといわんばかりに！

ハンドバッグをつかんで、ジョアンナは立ち上がった。「私の能力はこの仕事にふさわしくないようです、ミスター・シェルドン」彼女は冷たく言い放った。「私たち、お互いに認識が不足していたんだと思いますわ。私は小さな女の子を教えるものと思っていました。手に負えない大人子どもではなく。そして、たとえ私に子どもを大目に見る用意はあっても、その父親にまで寛大になるつもりはありません！」

もし彼女が、相手からの厳しい反論を予想していたとしたら当てはずれだった。そうは言ったものの、こんな時間に不案内な土地を引き返すことを考えると、ジョアンナは自分の無鉄砲な宣言を後悔せざるをえなかった。一方、ジェイクは座ったまま、皮肉っぽい笑いを浮かべて彼女を見上げている。

「ぼくをがさつな野蛮人と思っているようだね？」彼はようやく口を開いた。「どうやら君はぼくの足もとを見ているようだが、君には選択の余地はないと聞いている」

ジョアンナは息をのんだ。「ほかの仕事を探せますわ、ミスター・シェルドン」

「そう？」

椅子を引いて立ち上がったジェイクの姿が、急激に暮れていく光の中に黒々と威圧的に浮かび上がった。思っていたより遅い時刻らしく、来た道を戻り、ペンリスまでヒッチハイクするしかないかもしれないと思うだけで恐ろしかった。それでも、粗織りのシャツにベスト、泥の跳ね上がったコーデュロイのパンツをはいたジプシーみたいな男に侮辱されてまでここに居残るつもりはない。

「考え直したほうがいい、ミス・シートン。ぼくは君にとって少々きついかもしれないが、いわゆる礼儀正しい会話というのは二年ぶりなのでね。君がアニヤを教えられるかどうかについては考えなければならないが、ぼくの至らぬ点を大目に見るつもりがあるなら、君に対しても同じようにしよう」

これが謝罪だろうか？　まるで相手の身のほど知らずを許すといった態度ではないか？

「ここで働けるとは思いません、ミスター・シェルドン」古びた椅子とすり切れたカーペットを見下ろして、ジョアンナは言った。「私が聞かされていたのとは話が違うようですから。こちらのお嬢さんが寄宿学校に入るのに、一年半の準備が必要だと聞いていましたけれど、どうやら一年半ではとても無理なようですわ」

「君の能力では無理?」ジェイクはあざけりをこめて言った。「ぼくのほうは君の長所として、君には根性があると聞いていたが、それも仲人口だったらしい」

この男に自分の能力を証明したいという思いと、これ以上の屈辱を受ける前にここから出ていくべきだという相反する思いに引き裂かれて、ジョアンナは唇をかんだ。

言うべき言葉を考えあぐねていると、半分開いたドアをたたく音がして、だらしない身なりの女性が姿を見せた。ジェイクはいらだちもせず、あきらめたように眉を上げた。

「何か用、ミセス・ハリス?」

「夕食は何時にしますか?」そう言いながら年配の女性は好奇のまなざしをジョアンナに向けた。夕食の時間をききに来たのは単なる口実で、本当は新しい家庭教師を偵察に来たことは明白だった。「アニヤは今キッチンで食べてますけど、だんなさまと……その、ご婦人はどうなさるかと思って」

「アニヤがなんだって?」

ジェイクのけんまくはジョアンナばかりか家政婦まで怖じ気づかせたほどで、彼は何やらののしりながら振り返りもせずに部屋から出ていった。残された二人は気まずい視線を交わし、次に起こることを不安げに待ち受けた。

長く待つまでもなく、静けさは子どもの叫び声に破られ、キッチンから出て階段を上がっていく二人の足音が響いた。

足音が遠ざかるまで待ち、ミセス・ハリスは自信ありげに言った。「まったく手に負えないじゃじゃ馬なんですよ、あの子は。今度は何をしでかしたのか。夕食を食べてると言っただけなのに、なぜだんなさまはあんなにかっかなさるのか、わかりませんね」

ジョアンナは乾いた唇をなめた。「さあ、私にもわかりませんわ」早くジェイクが戻ってこないかと気をもみながら彼女は言った。

ミセス・ハリスは筋張った腕を扁平《へんぺい》な胸の前で組んで尋ねた。「それで、あなたはここで働くことにしたんですか?」主人の不在を最大限に利用するつもりらしい。「私ならよしとくでしょうね。ここはちゃんとしたレディーのいるところじゃありません。そしてもし、あの小さな悪魔を少しでもよくしようと思っているなら」ミセス・ハリスはもったいをつけてドアのほうに頭を振った。「考え直したほうがいいでしょうよ。今まで三人の家庭教師が来ましたけど、みんな逃げ出したくらいですから! あの子とは二週間とやっていけないんです。学校からも追い出されて、ここに来てから四つも学校を変わったのに、どこもあの子を引き受けちゃくれませんでしたよ。学校ではいたずらばかりしていると……」

「ミセス・ハリス、でしたわね?」ジョアンナはなんとかして彼女を黙らせようとした。「そういった話を私にすべきだとは思いませんわ。もし……もし私がこの仕事を辞退するとしても、あなたの話を聞いたこととは無関係です」

「じゃ、断ることを考えているんですね？　当然ですとも。こんなへんぴなところで暮らすなんて」

「ミセス・ハリス……」ジョアンナが再び相手のおしゃべりを押しとどめようとしたとき、階段に足音がして間もなくジェイクが戻ってきた。

「もう行っていい、ミセス・ハリス」家政婦がまだそこにいるのを見ていらだったように、彼はきっぱりと言った。「夕食は三十分後。ミス・シートンが残るにしろ出発するにしろ、念のために二人分用意してほしい」

「わかりました」

部屋から出る前に、ミセス・ハリスはもう一度ちらっとジョアンナに視線を向けた。その目つきは、若い女性が今のやりとりをこの家の主《あるじ》に告げ口するかどうか推し測っているふうだったが、少しも心配そうではなかった。どういうわけか、どんなことがあってもくびになるはずはないという自信が、彼女にはあるらしかった。

家政婦が行ってしまうと、ジェイクは疲れたようにジョアンナのほうに向き直った。

「帰ることに決めたのなら車でレーブンズミアまで送ろう。三十分ほどでペンリス行きのバスが出るはずだ。今夜のうちにロンドン行きの列車に乗れるとは思わないが、ステーションホテルにあき部屋はあるだろうから」

ジョアンナはためらった。「あの子は……アントニアはどこですの？」

「自分のベッドに」ジョアンナは心配そうにきいた。

「あの子をたたいたんですか？」ジェイクはぶっきらぼうに答えた。「君が気にする必要はない。あの子自身が招いたことだ」

ジョアンナはため息をついた。「そのためにここに残る責任が生じたなどと考えないでもらいたい」

「わからない？」彼は疑わしげに言った。「私、どうしたらいいか……」

「ミセス・ハリスのおしゃべりを聞かされたあとでは、君はとっくにスーツケースを持って戸口に立っているものと思っていたよ」

「そう？」ジェイクは広い肩をうんざりしたようにすくめた。「逃げ出した家庭教師の話や、アニヤを追っ払った学校について聞かされなかったというわけか？」

「ミセス・ハリスはそんな……つまり、私は噂《うわさ》話に興味はありませんわ」

ジョアンナはいぶかしげに眉をひそめた。「なぜアニヤと呼ぶのですか？　たしかアントニアという名前でしたわね？」

「言葉を覚え始めたころ、あの子は自分の名がうまく発音できなかった。そしてアントニアの真ん中をはぶいてアンニアと言うようになり、いつの間にかアニヤってことになったんだ」

「そうでしたの」こんな場合に口にするにはばかげた質問だったことに気づいて、ジョアンナは少しばかり困惑した。

「それより、どうするつもりか決めてくれないか。時間も遅くなってきたし、用事もあるので」

「失礼しました」そう言ってから、ジョアンナは今にもむせるところだった。なんという礼儀知らず！　この仕事ははっきり断るべきだと考えながらも、どういうわけか彼の予想どおりの返事をするのはしゃくだった。ジェイク・シェルドンは間違いなく、自分を役に立たない夢見る乙女と考えているのだ。そうではなく、これでも一人前の仕事ができることを証明してやりたかった。そのためには彼の礼儀知らずも、侮辱的態度も無視して、なんとか成功してみせるしかないではないか？

ジェイクのほうはしかし、ジョアンナの謝罪を拒絶と受けとったらしく、すり切れたカーペットを踏んでドアのほうに歩き始めた。

「ミスター・シェルドン！」ジョアンナはとっさにそう叫んでいた。

「えっ？」彼は立ち止まる。

ジョアンナは唇をなめた。「私、働かせていただきます」後悔してももう遅かった。

「ここで？」かすかに細めた琥珀《こはく》色の瞳に安堵《あんど》の色が浮かんだが、それだけだった。大して嬉しそうでもなければ感謝の言葉ひとつあるわけでもなく、〝ここで？〟のあとにおざなりな、〝ミセス・ハリスに部屋まで案内させよう〟という実際的な言葉が続いただけだった。

「いいえ！」ジョアンナは思わず一歩前に踏み出し、それから、ここ何年もなかったことだが、顔を赤くした。「あの、部屋がどこか教えていただければ自分で探しますわ。ミセス・ハリスの手をわずらわすほどのことではありませんもの」

「お好きなように。階段を上がって右側の三つ目のドアだ。スーツケースはあとで運んでおこう」

「自分で運べますわ」バス停からたっぷり一キロ半は自分ひとりで運んできたのだから、階段くらいどうということはないと言ってやりたいのをこらえて、ジョアンナはぶつぶつつぶやいた。

「結構」ジェイクはどうでもいいといったしぐさをした。「でも夕食が済むまで荷物はとかないほうがいい。ミセス・ハリスの料理は熱いうちに食べたほうがいいし、あとでたっぷり時間はとれるのだから」

レーブンガースではもちろん夕食のために着替えはしないだろう。ということは、ジェイク・シェルドンは今着ているひどい服装のままテーブルにつくのだろうか？　どうもそんな感じだ。ジョアンナは階段を上りながら、ここに残る決心をするなんて、頭がどうかしていたのだと考えずにはいられなかった。ただ自分の能力を証明するだけのために、こんなところで我慢する必要はないはずだ。

2

その夜ベッドに横たわりながら、ジョアンナは信じられない思いでそれまでの不思議な、いくらか現実離れした出来事を思い返していた。

すぐに探し当てたベッドルームはかなり広々としていたが、インテリアはこの家のほかの部分と大差なかった。改装するお金がないのだろうか？　それともジェイク・シェルドンが家のことに無頓着《むとんちゃく》なのだろうか？　壁紙は古びていて家具が押しつけられたところが何箇所かはがれ、床はいかにも冷たそうなリノリューム、家具は粗大ごみといってもおかしくなかった。ジョアンナは最初は自分の目を疑い、それからあきれ果て、最後にはこんなところにいる自分をこっけいに思った。

窓からの眺めは別で、暗くなってきてはいたが、川のせせらぎとはるか向こうに広がる湖面のきらめきが見え、さらに遠く、小高い丘の連なりが、ひっそりと静まりかえる谷を守るようにうずくまっていた。

ジェイクの忠告どおり、ジョアンナは階下に下りる前に顔を洗って化粧を直しただけで、あえて着替えはしなかった。さんざん苦労してここまでたどり着いたにもかかわらず、アップした髪はそれほど乱れてはいなかったし、気温がだんだん下がってきた今、ジャージーのドレスもちょうどよかった。部屋には年代もののスチームヒーターがあったが今のところ石のように冷たく、こんなに古い暖房装置が現在でも役に立つのだろうかとジョアンナはいぶかった。

階下に下り、彼女はやっとのことでダイニングルームを探し当てた。しかしどういうわけか、テーブルにはひとり分の用意しかしてなく、少しして現れたミセス・ハリスは、ミスター・シェルドンは夕食をせずに出かけたと彼女に告げた。

「マット・コールストンを迎えに村まで行ったんですよ」ミセス・ハリスはどろっとしたスープの入った皿をテーブルに出した。「店があくと同時に飲み始めて、フォックス・アンド・ハウンズのジョージの手には負えなくなったってことです」

ジョアンナはスプーンをとり上げた。ミセス・ハリスに質問するのは気が重かったが、もしここで暮らすことになれば周囲の人たちについて知る必要があるだろうと思い直し、しぶしぶ口を開いた。「そのかた、この家で働いている人ですの？」

「ええ」家政婦は灰色の頭をこっくりさせた。「羊の番と雑用をしてね。しらふのときは、だけど」

「酔いつぶれるにはまだ時間が早いのではない？」ジョアンナの問いかけに、ミセス・ハリスは薄い唇の下から前歯の一本欠けた下歯をのぞかせてせせら笑った。

「マットが酒盛りを始めたが最後、時間なんぞはどうでもよくなっちまうんですよ。朝から飲んでりゃ今ごろはへべれけでしょうし、あの酔いどれをなんとかできるのはだんなさまくらいのもんです」

ジョアンナはスープをひと口飲み、上顎にへばりついた粉っぽいものに顔をしかめるところだった。「そう……ありがとう、ミセス・ハリス。私、あの、ひとりでいただきますわ」そう言ったあと、相手が気を悪くしただろうかと気を回したが、ミセス・ハリスはすでにほかのことを考えていた。

「それで、ここに残ることにしたんですか？」ドアのあたりから彼女は探りを入れてきた。「それとも、ロンドン行きの列車が出るあすの朝までここに？」

そんなことはあなたに関係のないことだと言いたかったが、それは正当ではないと思い直して、何も言わなかった。家政婦としての能力はどうあれ、どうやらミセス・ハリスがこの家のいっさいをとりしきっているようだから。

「残るつもりですわ」スプーンでこっそりかき回してから、ジョアンナはもうひと口スープを口に運んだ。「少なくとも当面は。今までのかたたちよりうまくやれるといいのだけれど」

「どうですかね」

「悲観的ですわね、ミセス・ハリス。私が失敗するほうがいいみたいに聞こえるわ」

「そんなことはありませんよ」家政婦は急いで打ち消した。「ただ、アニヤは普通の子どもとは違いますからね。ずっと大人たちに囲まれて……」

「アニヤがどんな子かは、私自身で理解させてください」ジョアンナはきっぱりと彼女を黙らせた。「このスープ、おいしいわ。このあとのお料理《アントレ》は何かしら?」

ミセス・ハリスはいやな顔をした。「木の上《オントリー》ってなんのことです? このあとの料理って意味なら、ラムチョップとカスタードタルトですが」

間もなく、なぜジェイク・シェルドンが、ミセス・ハリスの料理は熱いうちがいいと言ったのかわかってきた。ラムはひどく脂っこく、最悪な料理法の結果、肉が脂の中を泳ぐほどだった。これが冷たくなったら胸が悪くなるだろう。にんじんとポテトのサラダは多少ましだが、グレービーソースはさっきのスープ同様粉っぽい。最後のカスタードタルトはうまく固まっておらず、だれでも作れるインスタントコーヒーを飲みながら、ジョアンナは、もし料理についてアドバイスをしたら、ミセス・ハリスは腹を立てるだろうかと考えていた。

食事が済むと、ジョアンナはなんとはなしに居間のほうに歩いていき、窓辺のスタンドランプをつけて厚いうね織りのカーテンを閉めた。壁の奥まったところにはペーパーバックとサイエンスマガジンの並んだ本棚と、座ると馬の鞍《くら》のように気前よくへこむソファと白黒テレビがあった。低い食器棚が暖炉を挟んで向かい合い、中にはなんの興味も引かないほこりまみれの陶器が並んでいる。見回したところ人形ひとつなく、本棚の底に押しこまれたジグソーパズル以外、おもちゃらしいおもちゃは見当たらなかった。

ペーパーバックを一冊とり、ジェイクが戻るまで、有名な私立探偵の活躍に興味を持とうと努めたが、本の中の出来事は今の自分の状況と比べると特に刺激的とも思えなかった。いつの間にかソファで眠りこんでしまったらしく、目をさましてマントルピースの上の時計を見ると、すでに十時を過ぎていた。何かの物音で目ざめたような気がしたが、部屋にはだれもいない。

こわばった体を起こして廊下に出ても人の姿はなく、主人の帰りを漫然と待っていてもしかたがないと考え、ジョアンナはいくらか拍子抜けした気分で二階に上がっていった。ドアをあけようとした瞬間、ある考えが頭に浮かんだ。あれからずっとアニヤの姿を見かけなかった。娘はベッドに入っているとジェイクは言ったけれど、森での出来事を考えると安心はできない。スーツケースをひっくり返し、練り歯磨きを絞り出し、さらには家庭教師のベッドにとかげを入れたいたずらっ子の話を何かで読んだことがある。階下でうたた寝をしていた間に、アントニアが部屋に忍びこみ、めちゃくちゃに荒らし回ることもできたはずだ。

ジョアンナは警戒してそっとドアをあけ、手探りで明かりをつけた。しかし、室内は荒らされた形跡はなく、すべては部屋を出たときのままだった。

ドアを閉めて、寒さに震えながら手早く服を脱ぎ、スーツケースから引っ張り出したナイトガウンを着ると、ジョアンナはすばやくシーツの間に潜りこんだ。

さっきの仮眠のせいで目がさえ、寝る前にアントニアの様子を見に行くべきだろうか、とか、何時になろうがジェイク・シェルドンの帰りを起きて待つべきだろうか、とか考えながら、ジョアンナは何度も寝返りを打った。ようやく訪れたまどろみは、さっとカーテンを引く音と、乱暴に体を揺すぶられたことで奪いとられた。

「どうしたの？　今、何時？」骨張った手を払いのけようとしながら、自分がどこにいるのかはっきり思い出せないままジョアンナはうめき、窓から流れこむ光の中で意地悪く見下ろしているミセス・ハリスの顔に気づいた。

「八時過ぎてますよ」小さなテーブルに紅茶のカップを置き、家政婦は腕組みをした。どうやらこのポーズが気に入っているらしい。「だんなさまから、ここじゃロンドンタイムは通用しないってことを伝えるように言われてるんです」

「八時……」

「十五分も過ぎてます。とっくに階下《した》にいる時間だと思いますね」

「八時ならそれほど遅くはないでしょう？」シーツを引き寄せて体を起こし、ジョアンナは言った。外は明るく晴れていたが空気はひんやりと冷たく、ぼんやりした頭をはっきりさせるにはもう少し時間が必要だ。

「だんなさまは七時に朝食を召し上がりましたよ。それに私にだって仕事がありますから、いつまでもテーブルが片づくのを待っちゃいられないんです」ミセス・ハリスはドアのほうに向かった。「十五分で下りてきてくださいよ、さもないと……」

「ちょっと待って！」ジョアンナはベッドの上に座って家政婦を呼び止めた。「私、朝食はとりませんの、ミセス・ハリス。たまにトーストとコーヒーをいただくくらいで」ドアの間から漂ってくる匂《にお》いは間違いなくベーコンを焼いた匂いだ。「朝は脂っこいものは受けつけないんです」

ミセス・ハリスは表情をかたくした。「それじゃ、せっかく作ったフライドエッグやソーセージ、ベーコンは、ごみ箱行きってわけですか？」

「せっかくですけれど」犬にでもやればいいとつけ加えたかったが、ミセス・ハリスの次の言葉を聞いて、そんなことを口にしなかったことに感謝した。

「だんなさまにお話ししないと」鼻先であしらう言いかたでミセス・ハリスは続ける。「食べものをむだにするほどここは裕福じゃないんです。残りものはお昼に温め直して出すようにと言われるに決まってますから。ロンドンでしてきたようなぜいたくが許されるなどと期待しないことですね」

ドアが閉まり、ジョアンナは肩を落とした。ロンドンでの経済状態は厳しく、朝からべーコンやソーセージや卵を食べるなんて考えられないことだったと話したら、ミセス・ハリスは信じるだろうか？　もともとたっぷりした朝食をとる習慣はなかった。寄宿学校の食べものがひどかったせいもあるし、スイスの大学にいたころの軽いコンチネンタルスタイルに慣れてしまったせいもある。

いずれにせよ、今は座って過去を振り返っている暇はない。九時には仕事を始めなければならない雰囲気だし、自分をしゃんとさせるのに三十分はかかるだろうから。

紅茶は甘すぎるうえに濃く煮出したような代物だったが、それでも元気づけにはなり、ジョアンナは気をとり直してベッドから下りた。

つま先にひやっと触れたリノリュームの床は、間違いなく身支度のスピードアップに貢献した。急いでスリッパに足を滑りこませてバスルームに入り、洗顔を済ますと、ジョアンナは一番先に手に触れたものを身につけた。

髪はもっと厄介で、なんとかアップに結ったものの、耳のまわりに落ちかかるはつれ毛をどうすることもできなかった。ジョアンナは心配そうに時計をにらんで当面はこのままで我慢するしかないと心に決め、リップグロスをつけただけで急いで階段を下りていった。

朝日がサイドボードの汚れや傷を目立たせ、何カ月分ものほこりで曇った窓ガラスがだらしない印象を与えているダイニングで、ジョアンナはまたもやひとりきりだった。ミセス・ハリスがどれほど忙しいかは知らないが、家事に精を出しているわけじゃないことだけは確かだった。もし母がこのありさまを見たら、すぐさま家政婦を追い出してしまうだろう。

冷えて固まったベーコンとソーセージ、つぶれた目玉焼きを目の前にして、ジョアンナは悲しげにため息をついた。こういった食事はしない習慣だと言ったにもかかわらず、無視されたのだ。そのほかにはやはり冷たくなったトースト、コーヒーの代わりに紅茶が置いてあった。

あんまりだ。激しい憤りを覚えて部屋を出ようとしたとたん、ジョアンナはこの家の主《あるじ》と鉢合わせしそうになって慌てて一歩後ろに下がった。けさはまだひげをそっていないらしく、顎のあたりに無精ひげが生えている。ところどころにグレイがまじった黒髪はくしゃくしゃで、服装はきのうのまま、目のまわりは赤く、いっそう目立つ傷跡が顔のやつれを強調していた。一瞬、マットとつき合って飲み明かしたのだろうかと疑ったが、ジェイクの言葉にそれらしいもつれはなかった。「やっとお目ざめらしいね、ミス・シートン。食事が済んだら話したいことがある」

ジョアンナはテーブルを振り返り、大きく息を吸った。「実は私のほうも少しお話ししたかったんです」ジェイクの険しい表情に負けまいとしながら彼女は言った。「私、朝はこうした食事はいただきませんの。それに、朝はコーヒーにしていただけるとありがたいのですが」

「なるほど」表情こそ変わらなかったが、琥珀《こはく》色の瞳がほんの少しきつくなったようだ。

「それならミセス・ハリスに言ったらいい。家政婦は彼女であってぼくではない」

「そうですの？」ジョアンナは小さくつぶやいたがジェイクには聞こえてしまったらしく、彼は眉をひそめた。

「それはどういう意味？」

ジョアンナはため息をついた。ここに来たそうそう家の中の状態について口出しするのは考えものだと思い、彼女はうつむいて肩をすくめた。

「別に。そうですわね……ミ、ミセス・ハリスに話してみます」

ジェイクは納得したふうでもなかったがそれ以上追及はせず、立ち去ろうとした。

「あの、いつからアントニアの授業を始めたらいいでしょう？　それから場所はどこで……？」

ますます厳しくなった表情に、ジョアンナは彼がこの話を持ち出すまで待てばよかったと後悔した。「ミセス・ハリスに聞いていないのか？」

「聞くって、なんのことでしょう？」

「アニヤがきのうの夜ここから逃げ出したので、ひと晩中探し回っていたんだ」

「まさか！」ジョアンナはびっくりして叫んだ。そういうわけで彼は無精ひげを生やし、憔悴《しょうすい》しきった様子をしているのか！「で、見つかったのですか？　起こしてくだされば私もいっしょに探しに行けたはずですわ」

「あの子が逃げた原因は君にあるのに？」

ジョアンナは赤くなった。「アントニアはどこにいるんです？」

ジェイクは重苦しくため息をもらした。「見当はついている」彼は続けるべきかどうかためらってから肩をすくめた。「山の上に羊飼い小屋があって、ときどきそこに行っているらしい。ここから三キロほどのところだが、きのうは霧がひどかったのであそこに向かうのは無理だった」

「そのこと……きのうからご存じだったんですか？」

「家のまわりと森や村を探したあと、残るはあそこしかないと考えたんだ」

「それならなぜ？」

「きのうのうちに探しに行かなかったか？」彼は頭を振った。「君にはこのあたりの事情がわかっていないらしい。今の季節にはよくあることだが、霧が立ちこめると、ぼくみたいな素人の登山家にとってあの山は危険なんだ。本職の救助隊でさえ霧が晴れるまで山には入らない」

ジョアンナは窓の外に目を向けた。「でも、こんなに晴れていますわ」

「たった今晴れてきたところだ。着替えたらすぐあの子を探しに行ってみる。アニヤが運よくあそこに行き着いているといいが」

「あの子は怖がっていないでしょうか?」

「アニヤが?」心配そうな響きの中にも娘に対する一種の誇りが感じられた。「あの子は暗闇《くらやみ》を怖がったりしないし、どこに行くにもビンザーがいっしょだから大丈夫だ」

「ビンザー?」

「きのう君が見たシープドッグ」彼は疲れたようにふっと息をついた。「じゃ、失札」

「私も行っていいでしょうか?」皮肉っぽいまなざしに出合って、ジョアンナは頬を赤くした。「もちろん、アントニアを探しに」

「アニヤと呼びたまえ。そのほうがあの子も親しみを覚えるかもしれない。大して期待は持てないが」

「それで、連れていっていただけますの?」

「丈夫なウォーキングシューズはある?」

ジョアンナはサンダルを見下ろした。これでは役には立たないだろう。「デザートブーツなら持ってますけど」

「デザートブーツ? 聞いたことないな」

「スエードの、くるぶしまでのブーツで、とても丈夫ですわ」

「結構」階段のほうに長い脚を踏み出しながら、彼は言った。「十分で支度して。コートも必要だろう」

十分では朝食をとる時間も紅茶に文句をつける時間もなさそうなので、ジョアンナはトーストにバターとジャムを塗りつけて二階に持って上がった。

起きたままのベッドのせいで部屋がだらしなく見える。ブーツのひもを締めたあと、手早く枕《まくら》をたたきカバーを引き上げた。そのあと二分ほど残っていたので、ジョアンナは子ども部屋をのぞいてみようと思い立った。アニヤの身のまわりのもの、お気に入りのおもちゃでも見れば、彼女に近づくためのヒントが得られるかもしれない。最後のひと口のパンを飲みこみ、シープスキンのジャケットに腕を滑りこませながら廊下に出て、どのドアをあけたらいいものか、ざっと見渡した。自分の部屋とバスルームのドア以外に四つのドアがあるので、子ども部屋がどれかわかるはずもなく、彼女は唇をかんだ。

ジョアンナは踊り場まで歩いて振り返った。階段から一番遠い端にある二つのドアはどうやらジェイク・シェルドンの部屋らしい。彼女は衝動的に残った二つのドアのひとつに近づき、耳を澄ました。でもドアは古くて厚く、そこから物音がもれてくるとは思えなかった。そして古いドア特有の鍵《かぎ》穴に気づき、ジョアンナはかがんで小さな穴から中をのぞいた。

「残念ながらはずれだ、ミス・シートン」背後からの嘲笑《ちょうしょう》に赤くなって立ち上がり、ジョアンナは階段を上りきったところに立ってこちらを見ている男性を振り返った。「君が興味を持っているのと知っていたら、ドアをあけておいたのに」意地の悪いほのめかしを打ち消す言葉を探して、彼女は唇をかみしめた。

「アニヤの部屋を探していたんです」皮肉っぽくゆがんだ唇を見ないようにしてつぶやいた。「どの部屋かわからなくて」

「君ののぞいていた部屋がそうだ」ジェイクはさっと彼女のわきを通り過ぎてドアをあけた。「今はゆっくり案内する暇はないが。でも、もし本当にここが見たかったのなら……」

ジェイクはいらだたしげなジェスチャーをし、ジョアンナはばつの悪い思いで彼の前を通って中に入った。

ジェイクは着替えを済ましていて、きのうの粗織りのチェックのシャツはいくらかましなコットンシャツに替わっている。ぴったりしたジーンズ、ダークブルーのコーデュロイジャケットを着た彼の前を通り過ぎたとき、アフターシェイブの香りがつんと鼻をついた。この男性には何かしら心を乱されるもの、傷跡のある男っぽい顔立ちによっていっそう強調された男性的魅力といったものがある。ジョアンナは今まで男性に対してこんな印象を抱いたことはなく、こんなふうに感じるのは自分に対する彼のあからさまな無関心のせいなのだろうと思った。

子ども部屋もジョアンナの部屋と大差なく、冷たいむき出しの床に時代遅れの家具が置かれた、あまりにも実際的な部屋だった。階下でも不思議に感じたことだったが、ここにも人形や女の子らしいおもちゃは皆無で、ベッドわきに積んである本にしても少年の読むような冒険物語や年鑑のたぐいだった。ベッドはくしゃくしゃで、きのう父親にしかられたあと、少女がこっそり抜け出したときのままになっていた。そして部屋全体には、ここに住む人の魂がまださまよっているかのような、荒涼とした、孤独な空気が漂っていた。

「ご感想は？」

ジェイクは相手が何か言うのを待っており、ジョアンナはつい何秒か前の当惑を忘れて彼を見上げた。「アニヤはおもちゃを持っていないんですか？　お人形とかぬいぐるみとかゲームのような？　あの子がどんなものに興味を持っているかわかれば、何か理解する手がかりがつかめるかもしれないと思ったのに、ここには何もありませんわ」

「母親の死以来、アニヤは少女らしいものに興味を示さなくなった」再び廊下に出て、ジェイクは説明した。「ずっとぼくと二人きりでいたことが、あの子の自然な発育を狂わせたのだろう。もしかしたら、君がこういったすべての状況を変えることになるかもしれないが」

ジェイク・シェルドンが傷を受け、仕事を続けることを断念する結果となった同じ事故で妻をも失ったのだと聞かされてはいたが、彼の口から妻のことを聞くのは初めてだった。彼女についてもっと知りたい気持がないではなかったが、あえて個人的な話題を避け、ジョアンナは尋ねた。

「でも、アニヤは学校に行っていたのではありませんか？　それに、家庭教師もいたはずですわ」

「君も気づいているように、今までだれひとり、あの子をうまくしつけられなかった。学校はあまりにも厳しすぎたし、家庭教師らは娘の知能が遅れているのだとさじを投げた」

ジョアンナは自分の意見を差し控えた。きのうの出来事から判断すると、教師たちの言い分にも一理あるように思えるが、彼女自身、アニヤとはまだちゃんとした接触を持っていなかった。

「もう出発しないと」ジェイクはそう言うと階段を下り始めた。「そんなに怖《お》じ気づかなくても、ぼくは奇跡を期待しちゃいない、ミス・シートン」途中で立ち止まり、彼は振り向いた。「しかしこの仕事を単なる一時しのぎで、もっといい条件の仕事が見つかるまでの腰かけなどと思わないでもらいたい」

「そんなこと、考えてもいませんわ、ミスター・シェルドン」

「本当に?」彼は不信感もあらわに相手を見つめた。「友達からも離れて、じきにここが退屈になるかもしれない」

「私がここにとどまることを望んでいらっしゃらないようですわね?」ジョアンナは階段を下りながら挑むように言った。

ジェイクは何も言わずに彼女に背を向けた。そのときふと唇に浮かんだ苦々しい表情は、ジョアンナの挑戦が的を射ていたことの確かな証拠だった。

3

汚れた緑色のレンジローバーが砂利敷きの庭にとめてあり、ジェイクはそれに乗るように合図をした。

「直線にして三キロほどだが」運転席に乗りこんでばたんとドアを閉め、彼は尋ねられる前にそう言った。「車道を行くとその倍はかかるだろう」

涼しい秋の朝だったが、太陽が大地を暖めて露を乾かし、生け垣からゆらゆらとかげろうが立ち上っていた。かげろうは、緑と薄紫、暗褐色に彩られた丘々の、黄金をさっと掃いたような風景に深みを与えている。湖沼地帯の美しさは聞いていたが実際に見るのは初めてで、雇い主に対するジョアンナの反感も、その思わぬすばらしさに影をひそめた。

レーブンズ湖《ミア》はこのあたりでは比較的小さな湖で、それと同じ名前の湖畔の村も、湖に下りる小道が何本かあるきりの小村だった。桟橋に面してホテルが二軒と、看板を立てた何軒かの山荘風の家がある。今は観光シーズンも終わり、ボートも湖岸に引きあげられてひどくうら寂しい光景だった。

湖沿いに走り、村はずれを通過し、橋を渡ると、車はヘロンズフットに通じるハイウェイに出た。この道は南への主要幹線道路と連絡しているので交通量が多かったが、間もなく車は登山者用の小道に折れ、それからゆるやかに傾斜した高台に出るまで、曲がりくねった上り坂を走り続けた。足もとに広がる広大な谷あいを見晴らしたジョアンナは、丘のふもとを流れる川が、レーブンガースのベッドルームから見たものと同じであることに気がついた。あそこから半円を描くようにぐるっと上ってきたわけで、彼らは今、谷を挟んで北東に面した斜面に出ていた。

「さあ」ジェイクは後ろに手を伸ばして分厚いレザーの手袋をとった。「これをはめて。どうしても手を使うことになるが、せっかくの柔肌を傷つけたくないからね」

岩だらけの急斜面を三十メートルも上らないうちにジョアンナの息は乱れていた。オックスフォード通りのウィンドウショッピングや朝方までのディスコダンスくらいでは本当の意味の鍛練にはなっていなかったようだ。かなり先を行くジェイクには自分の荒い息遣いは聞こえないだろうと、ジョアンナはひそかに胸を撫《な》で下ろした。斜面を半分ほど行くと突き出した岩に隠れるように丸太小屋の屋根が見え、ジェイクは連れがちゃんとついてきているか確かめるかのように振り返った。このあたりまで来ると霧がまだ残っていて、もし本当に濃い霧が立ちこめていたらどんなに道に迷いやすいか、想像するのは難しくなかった。ジョアンナはほてった顔と震える膝を意識しながらようやくジェイクに追いつき、なんとか平静を装おうとしたけれど、そんなことで彼の目はごまかせなかったに違いない。

「ここだ」とジェイクが言い、ふとあたりを見回したジョアンナは、はるか下に豆粒のように見えるレンジローバーにぞっとした。

「ここに……いるでしょうか？」息を整えようとしながらジョアンナが尋ねると、ジェイクは肩をすくめ、細い道を小屋のほうに下りていった。

犬のほえる声に続いて、小さな人影が小屋の向こうからのぞいた。主人を見て犬は嬉《うれ》しげに跳ね回り、ジェイクはさっと子どもを抱き上げて二こと三こと言葉を交わすと、細道を戻ってきた。

ジョアンナは急に耐えがたい不安に襲われ、こんなところまでやって来なくても、家で待っていればよかったのだと思ったが、今さら後悔しても手遅れだった。

ジェイクはそばに来て子どもを下ろし、ジョアンナはしかたなく彼女を見下ろした。森の中での出来事と、レーブンガースの玄関ホールでの視線の応酬を忘れることができず、ジョアンナは攻撃的な態度にはそれなりの厳しさで応じようと身構えた。けれどアニヤの表情は天使のように穏やかで、つぶらなブルーの瞳に出合ったとき、ジョアンナは、ひょっとしたらこの子の性格を完全に誤解していたのかもしれないと思ったほどだった。でも、そんなことがありうるだろうか？　ショットガンの出迎えを受けたのだ。今どんなにアニヤがしおらしくしていても、あどけない瞳の裏に敵意が隠されていると考えるべきではないか？

「謝りたい、そうだね？」ジャケットのポケットに手を突っこんでジェイクは促し、少女はこっくりとうなずいた。

アニヤは最初の印象よりは小柄で、羊飼い小屋で過ごした一夜のおかげできのうよりさらに薄汚い様子をしている。相変わらず耳の下まで引き下ろした帽子のわきからは黒い髪が飛び出しているし、服装も肘にレザーのパッチがある古いアノラックにジーンズ、そでがだらしなく伸びきったウールのセーター、それにブーツで、ローティーンの女の子がこれほど身なりに無頓着《むとんちゃく》であることに、ジョアンナは驚かされた。

「ごめんなさい、ミス・シートン」きのうの乱暴な言葉遣いが信じられないほど、愛らしい声だった。「こんなふうに逃げ出してもなんの解決にもならないのに」

ジョアンナはその謝罪を半信半疑で受け止めた。どこかおかしい。なぜそう感じるのかわからなかったが、とにかくぴんとくるものがあった。きのう、アニヤはおしりをたたかれてベッドに押しこまれた。泣き叫び、怒りをむき出しにし、家出までやってのけたのだ。それなのに今はごめんなさいと、逃げてもなんの解決にもならないと言って謝っている。解決？　この場合に使うにはおかしな言葉ではないか？　なんらかの解決をもくろんでいるという不穏な含みさえ感じられる。ジョアンナは当惑し、娘の態度に不審を抱いていやしないかと父親の表情をうかがった。しかし彼は何も感じているふうもなく、ジョアンナが何か言うのを待っているらしい。

「私を追い出したかったの、アニヤ？　私はそれほど簡単にはあきらめなくてよ。あなたのお父さまも私もあなたのためを思っているんですもの、私たちをがっかりさせないでね」

ジョアンナには、なぜ自分が最初から子どもを敵に回すような言いかたをしたのかわからなかった。ジェイクがいらだたしげに自分を見ているのを意識し、彼がもっと優しい言葉を期待していたようだと感じとった。ジョアンナは、アニヤのブルーの瞳に浮かんだ突然の怒りに身震いし、自分とジェイクとを結びつけて私たちと表現したことが少女の本能的な警戒心を呼び起こしたらしいと察した。思ったとおり、アニヤは従順さを装っていただけなのだ。でも、なんのために？

「アニヤはばかなことをしたと気づいたんだ」冷たい空気に白く息を吐いて、ジェイクは重々しく言った。「さあ、車に戻ろう」

急斜面を下りるのにレザーの手袋はおおいに役立った。これほど険しい坂は初めてで、ジョアンナは間もなく踵《かかと》の上に体重をかけ、しゃがみこむような格好で、滑らないように両手まで動員してバランスをとらねばならなくなった。もちろんアニヤはそんな必要はなく、犬を従えて岩の間をさっさと下りていき、ジェイクでさえ造作なく下りていった。新参の家庭教師をじっと見上げる少女の視線を浴びてぶざまに下りていくのは少々気が重かったが、ジョアンナは足の震えをけどられまいとしながらなんとか彼らに合流した。

レンジローバーの前の座席にだれが座るかについての議論はなく、ジェイクはアニヤに犬と後ろに乗るように言ったので、ジョアンナはいくらかほっとしてぐったりとシートにもたれかかった。レーブンガースに戻る車中ではだれひとり口をきこうとはせず、ジョアンナはその間ずっと椅子の背を後ろからぐいぐい押しつける小さな膝の動きと、後頭部に注がれた敵意に満ちた視線を感じ続けていた。

家に近づいたとき自分がまだ手袋をはめたままだったことに気づいて、ジョアンナは汗ばんだ手から分厚い手袋をはずしてグローブボックスの上に置いた。

「ありがとう」

「だいぶ役に立ったようだね」ジェイクは皮肉めいた言いかたをした。「君は野山を駆け回る野生児ではないらしい」

「残念ながらスポーツ万能というタイプじゃありませんわ」聴衆が一名と一匹いることをうっかり忘れ、ジョアンナは言い返した。

「それは事実だろうね」ジェイクは認め、レーブンガースへの小道にハンドルを切った。

「あんなとこ、駆け下りなくちゃ」背後からの鋭い声が二人の会話に割りこんだ。「そのほうがうまく下りられるのよ。おしりで滑り下りるなんて犬か赤ちゃんみたい！」

「もうよしなさい、アニヤ」ジェイクはたしなめた。

ついさっき、父親の前で悔い改めた少女の役を演じたばかりなのに、アニヤは早くも本性を現していた。

「ごめんなさい、パパ」だが、少女は早速自分の役柄をとり戻して悲しげに言った。「失礼なことを言うつもりじゃなかったのよ。でもそれは本当でしょ？　駆け下りたほうが簡単だし、それほど危なくないわ」

「慣れていれば駆け下りることもできるが、初心者には無理だ」森の手前の門《ゲート》で車を止め、ジェイクはドアをあけた。「ミス・シートンにはもっと礼儀正しくしなくちゃいけないよ」

ジェイクはゲートをあけに行き、ジョアンナは予想される仕返しを覚悟して待ち受けた。予想ははずれなかった。車のドアが閉まるのを待ちかねたように、アニヤは小憎らしい声でこう言った。

「一回戦に勝ったからっていい気にならないで！　あたし、きっとあなたを追い出してみせるわ！」

相手の年齢や幼さを忘れ、ジョアンナは怒りに駆られて振り返った。「いい、私に向かってそんな口はきかせないわ！　いったい自分を何さまだと思っているの？　空っぽの頭をのせたかかしみたいな格好をして！　私が喜んであなたを教育したがってるとでも思う？　豚でさえ顔をしかめるような家に住みたがってると思うの？　とんでもない！　私がおしりで滑り下りたと鬼の首でもとったような言いかたをしたけれど、あなたは人間らしく腰を下ろすことすらできないんじゃない？」

もしこれほどかっとしていなかったら、子どもが青ざめていることに気づいていただろう。しかし別の荒々しい声に遮られる寸前、かろうじてそのことに気づいただけだった。

「いったい何をしているんだ？」ジェイクは車に戻ってあきれた顔つきでジョアンナをにらんでから振り返り、タイミングよくわっと泣き出したアニヤにうんざりしたように頭を揺すった。「やれやれ、ゲートをあけに行ったほんの一、二分の間に何をしでかすかと思えば！　これが子どもの信頼を得るやりかたなら、すぐに荷物をまとめて出ていったほうがいい。何があったか知らないが、ミス・シートン、相手の年を考えて行動してもらいたい」

ジョアンナは不服そうに唇を結び、非難のまなざしに対抗して肩をすくめた。彼が言うように、ここに残ることになんの意味があるだろう？　アニヤは学びたがってもいなければ、お行儀を覚えたいとも思っていない。そんな子どもをよくしようと努めても時間のむだではないか？　この子に必要なのは教師ではなく監視員であって、そんなじゃじゃ馬をちやほやする忍耐強さなどない。

「うちのこと、豚小屋って言ったのよ」憤然としてアニヤは言い、ジェイクがそれは事実かと念を押した。

「事実です」ジョアンナは傲然《ごうぜん》と頭を上げて断言した。「あなたが雇っていらっしゃる家政婦のかた、家事とはどういうものかまったくわかっていないようですし、料理の腕もひどいものですわ。あのかたにいくら払っているかは知りませんが、どう考えてもひどすぎます!」

ジェイクは信じられないような面持ちでジョアンナを見つめ、彼女はこんなことを口走った結果はひとつしかないと認めていた。彼が謝罪と懇願を期待しているとしたら大間違いだ! 強情かもしれない。自分で自分を窮地に追いつめているだけかもしれない。だが仕事のために屈辱に耐え、おべんちゃらを言うような人間ではないのだ。十一歳のこましゃくれた少女になめられるつもりはないし、小さな野蛮人と自尊心を守る戦いを続けるよりは、店の売り子か工員になるほうがよっぽどましだ。開き直った大胆さで冷たい琥珀《こはく》色の視線を受け止めたジョアンナは、ジェイクが今にも手を上げるところだったのを感じとった。

ジェイクはくるっとシートの上で体を回転させて車のドアを閉めた。ゲートを通過すると、フロントガラスに頭を突っこむほどの急ブレーキを踏み、今度は車内のやりとりが聞こえるようにドアをあけたまま、ゲートを閉めに行った。アニヤはそんなわなにはかからず、相変わらず哀れっぽくめそめそ泣き続けていて、慰めようとくんくん鼻を鳴らすビンザーにも知らんふりだった。

再びジェイクが車に乗りこんできたとき、ジョアンナは憂うつな気分で窓の外を見つめていた。ここに来るまで抱いていた期待を思うと自分を哀れまずにはいられない。家庭教師の地位を守る組合があってしかるべきなのだ。不当な解雇――自分の受けている仕打ちはまさにそれだ。いいわ、とジョアンナは心の中でつぶやいた。心にもなく少女と気が合ったふりをするよりはましだ。少なくともアニヤとはお互いに理解し合ったのだ。次に雇われる女性が再びひどい目にあうとしても、知ったことではない。

ため息をもらし、彼女はちらっと隣を盗み見た。森の緑からくっきりと浮かび上がったプロフィールはいかにも頑固そうだったが、なぜかジョアンナは突然理屈に合わない同情を覚えた。彼自身の問題をかかえながら、ひとりでアニヤのような反抗的な娘を育てるのは楽ではないだろう。妻を亡くし、仕事も失って。ジョアンナ自身、父が一ペニーの蓄えも残さずに他界したとき、この世も終わりだと絶望したものだった。

「家に入っておふろで髪と体を洗っておいで」車を庭に止めて降り立つと、ジェイクはまだめそめそしているアニヤに言い、娘が犬といっしょに立ち去るのを見届けてジョアンナのほうに向き直った。

「五分後に書斎に来てほしい」かたい調子で言うと、彼は牛舎のほうに歩き始めた。「遅れないように」

ジョアンナはあきらめたように肩をすくめ、助手席のドアをあけた。降りたとたん今にも鶏を踏みそうになり、安全を脅かされた家禽《かきん》はけたたましい鳴き声をあげて走り去った。家のほうに歩き始め、ドアのところでミセス・ハリスが待ち構えているのに気づいて、ジョアンナはさらに落ちこんだ。あの顔つきから察するとすでにアニヤの報告を聞いたらしい。急速になえていく自信を支えようと、ジョアンナはきっぱりと肩をいからした。

「お話ししたいことがあります！」ミセス・ハリスは挑むように宣言し、前に立ちはだかった。

家の外でみっともないまねはしたくなかったので、ジョアンナは家政婦のわきを抜けて玄関ホールに入り、まっすぐ書斎に向かった。

「どういうわけで私の仕事に文句をつけるんです？」しかたなく書斎までついてきたミセス・ハリスがいきまいた。「私の仕事に口出しする権利があるんですか？　言っときますが、私はここに来て三十年にもなるんです。そして今までだれひとり、私のすることに文句をつけた人はいませんでしたよ」

「そうですの？」こんなことに巻きこまれるのはご免だった。いずれここを出ていくのだから、家政婦がどうあれ関係のないことではないか？　それにしても今までだれひとり、この家の嘆かわしい状態に気づいた人がいなかったとは、とても信じられないことだ。

「そうですとも」ミセス・ハリスはけんか腰で続けている。「この家の前の持ち主、ミセス・フォーセットが生きてらしたころはもちろん、今のだんなさまがここに住むようになってからだって、私の仕事に満足できないとはおっしゃいませんでしたよ」

「ミスター・シェルドンは男性だから、たぶんそんなことはどうでもよかったのでしょう」

「よくも図々《ずうずう》しくお上品ぶって！」ミセス・ハリスは怒りに燃えて叫んだ。「父親がギャンブルで全財産をすって死んでから、あなたがた親子は事実上一文なしで、二人分の食いぶちは是が非でも娘の手で稼がなければならないのだと、ミセス・ハンターの口からちゃんと聞いてるんですよ！」

ジョアンナは頬が燃えるのを感じた。リディアおばさまはジェイクの妹、ミセス・ハンターに何を話したのだろう？　そしてマーシャ・ハンターは、兄のジェイクや家政婦にどんなことを言ったのだ？

「私個人の問題はあなたと関係ないことですわ」必死に冷静さを保とうと努めて、ジョアンナは言った。この女性の挑戦に応じたら自尊心を失うことになるだろう。ジョアンナはなんとしてもそれだけは避けたかった。

「個人の問題？」ミセス・ハリスは冷笑する。「個人的どころか、どんな新聞にだって出てましたよ。あなたの父親が酔って馬でフェンスを飛び越そうとして、首の骨を折ったってことは」

「酔ってなんかいませんでしたわ」そのことについては黙っているわけにはいかず、ジョアンナは否定した。「馬が暴走して……」

「どうですかね」

「本当のことです！」

ミセス・ハリスは信じるふうもなく、戦術を変えた。「じきにだれが本当の友達だったかわかるでしょうよ。文なしの言うことになぞだれが耳を傾けます？　それなのにぬけぬけと私を批判するなんて！　家の中が汚いの料理がまずいのとだんなさまに告げ口するなんて」

「それは事実だからしかたがない」入口から男性的な声がし、この家の主《あるじ》がいらいらした様子で書斎に入ってきて、口にくわえた細い葉巻の先に金のライターでかちっと火をつけた。「ミセス・ハリス、君を解雇する。もっと早くこうすべきだったのだが、ここに来て以来、すべてをおざなりにしてきたために君にも目をつむっていたんだ。しかしこれ以上黙っているつもりはない。くびにするのが遅すぎたくらいだ」

ジョアンナはミセス・ハリスに劣らず仰天させられた。ジェイクが家庭教師の発言をきっかけにこんな決断をするとは思いもよらないことで、家政婦のだらしなさはともかく、降ってわいたような解雇宣言に同情せずにはいられなかった。

ミセス・ハリスは金魚みたいに口をぱくぱくし、しばらくの間声も出ない様子だったが、それからすごいけんまくで反論し始めた。

「そんな理不尽なことは許されやしません、だんなさま！」彼女はまず相手の心情に訴えた。「レーブンガースには若いころから、戦後間もなく、ミセス・フォーセットが初めての赤ちゃんを産んだときからずっといるんです」

「もう引退すべきかもしれない、ミセス・ハリス」ジェイクはそっけなく言い、机の向こうに回って腕組みをして立ち、年配の女性が出ていくのを待った。葉巻をくわえ、額にひと房の黒髪が落ちかかる傷跡のある顔には、暗くなぞめいた魅力があって、ジョアンナは心の動揺に気づかれる前に、慌てて目をそらさなければならなかった。

家政婦はそれから何分か、自分がどんなに家事をうまく片づけてきたか自画自賛し、さらに自分がそれほど若くはないこと、それでも決して不平は言わなかったことなどを並べ立てたが、それも無益だと悟ると、今度はおどしにかかった。

「私がここで起こっていることに気づいていないと思ったら大間違いですよ」ミセス・ハリスはしたり顔でうなずいた。「ちゃんとわかっていますとも。私を追い出したいんです、この若いべっぴんさんと……」彼女はジョアンナのほうに親指を突き出した。「二人きりでお楽しみってわけですね？　この人が来たときから、私にはわかってたんです。私さえいなくなれば好き勝手にふるまえると思ってるんですね？　子ども以外――あの子にしたってまともじゃありませんが――二人の間柄をスパイする人間はいなくなる、そうじゃありませんか？」ミセス・ハリスは憎々しげにせせら笑った。「いいですか、もし私があなただったら、こんなところにはいませんとも、ミス・シートン」どういう風の吹き回しか、ミセス・ハリスは急にジョアンナの肩を持った。「ここのだんなさまはかっとしやすいたちなんです。特に寒くて古傷がうずき出すと……」

「ミセス・ハリス……」ジョアンナはぞっとした。

「出ていくんだ、ミセス・ハリス！」

机を回ってくるジェイクの態度には危険なまでの激しさがあって、家政婦は相手を思いとどまらせようと最後の警告を口にしながらびくっと飛びのいた。

「こんなところで働いてくれる人がほかにいるとは思えませんね。それに、ここにいる家庭教師だって当てにはなりゃしません。この人だって出ていくんですから……アニヤから聞いたことですがね。いずれにしてもこんな人にまっとうな仕事ができるはずはないんです。働くにはお上品すぎて！」

「出ていけと言ったんだ」ジェイクは厳しく繰り返した。「すぐに荷物をまとめたほうがいい。君の親戚《しんせき》がいるランカスターまで送ろう。それからぼくとミス・シートンについていいかげんな噂《うわさ》を流したら、正式に告訴するつもりだ。昔のことを覚えている人がこのあたりにはいくらでもいるのだから、名誉毀損《きそん》罪を立証するのは難しくない。わかったね？」

ミセス・ハリスはいくらか不安そうに彼を見つめたが、完全に納得したわけではなさそうだった。「昔のこと？　どういう意味です？」彼女は憤慨して言った。「私はいつだって最善を尽くしてきました。ミセス・フォーセットは私に頼りきりで……」

「そうは聞いていない」ジェイクは氷のように言い放った。「ミセス・フォーセットが君を追い出したがっていたというのが本当のところらしい。ただ、そうするにはあまりにも体が弱っていて、押しきれなかっただけで……」

「そ、そんなのはうそ……」

「うそならそれこそ名誉毀損で訴えればいい。しかしぼくのほうにはそう信じる十分な根拠があるし、家の外で余計なおしゃべりをするつもりもないから、君に勝ち目があるとは思えないが」

ミセス・ハリスはくやしそうに唇をかんだ。「だれからそんなことを聞いたんです？マット・コールストン、そうなんですね？」

「彼が人の噂話を楽しむような男じゃないってことは君も知っているはずだ」ジェイクはため息をつき、うんざりしたように頭を振った。

「知ってますとも！　飲んだくれてないときは……」

「もういい、ミセス・ハリス。それ以上言うと後悔することになる」

「後悔するのはどっちですかね」やせた初老の婦人は怒りに顔を紅潮させた。「今二階ですねている性悪娘に我慢できる家政婦は二人といないでしょうよ」

今回、ミセス・ハリスはあまりにも言いすぎた。こぶしを握りしめて迫るジェイクに、彼女は慌ててドアの外に逃げ出した。

このやりとりのあとでジェイクの怒りが静まるまで何分かかかり、ジョアンナは彼を見ないようにしながらぎこちなく体を動かした。家政婦を突然解雇してしまってこのあとどういうことになるのかさっぱり見当もつかなかった。ランカスターまで家政婦を送っていくついでにペンリス駅で家庭教師を落とせば一度にすっきり片がつくだろう。でもアニヤはどうなるのだ？　こんな心配をするのはアニヤのためというよりその父親のためらしいという当惑する思いを、ジョアンナは頭の隅に追いやった。

再び机の向こう側に立ったジェイクの顔には疲れの色が浮かんでいる。

「座って、ミス・シートン」

ジェイクは葉巻を深々と吸いこみ、机を挟んで古びた椅子に座ると、どう切り出すべきか迷ってでもいるようにうつむき、机の上のものを動かした。それから心を決めたようにきっぱりと頭をもたげた。

「君に頼みたいことがある」

まったく予想外の言葉に、一瞬絶句し、ジョアンナは唇をなめた。「どんなことですの？」かすかな不安を覚えて、彼女はようやくそうきいた。

「君も聞いたとおり、ぼくはミセス・ハリスをランカスターまで送っていかなければならない。戻るまでアニヤを見ていてくれないか?」

不可解な失望を黙殺してジョアンナは遠回しに断ろうとした。「アニヤもいっしょに連れていけるのではありません?」

「ミセス・ハリスの毒舌をこれ以上娘に聞かせたくはないんだ」彼は冷たく答えた。「ぼくが頭を下げなければならない立場にいることは十分承知している。もしそうしてくれれば悪いようにはしないつもりだ」

「つまり、報酬を払うとおっしゃるんですの?」

「そのとおり。取り引きは成立?」

ジョアンナはため息をついた。「でも……」

「イエスかノーか、早く決めてほしい。ミセス・ハリスが何を言おうが、ぼくには君の貞節を脅かすつもりは毛頭ないと約束できる」

「そんなこと、思ってもいませんわ、ミスター・シェルドン」ジョアンナは赤くなって抗弁した。

「よろしい。これでお互いに理解できたね?」

「そうでしょうか?」

ジェイクはうんざりしたように大きく息を吐いた。「それはどういう意味? 残念ながら言葉の裏を読んだりするのは不得手なほうでね」

ジョアンナはちゅうちょした。「私を解雇なさるんですか、ミスター・シェルドン?」

「ぼくが?」彼は驚いてジョアンナを見つめた。「ここを出ていく決心をしたのは君のほうだと思ったが?」

「荷物をまとめろとおっしゃったのはあなたです!」

彼は机に片方の肘をつき、てのひらに顎をのせた。「はっきりさせよう。君は二匹の猫みたいに娘とやり合っていた。あの場合、ぼくはほかにどう言えばよかった?」

ジョアンナは目をぱちくりさせた。「でも、ミセス・ハリスのことは? 私が余計なことを言ってしまったために……つまりその……」

ジェイクは頭を上げ、机の上に無造作に腕を投げ出した。「君が出ていくというのはミセス・ハリスの勝手な解釈で、本当はここに残りたい、そういうこと?」

ジョアンナは肩をすくめ、まとめていた髪がほつれて耳のまわりに落ちかかっているのを意識しながら当惑して頭を振った。

「あなたが私を解雇なさりたいのだと思っていましたわ」

「ミス・シートン」ジェイクは椅子を引いて立ち上がった。「ぼくは娘の教師として君を雇った。君が来てから不安定な状況が続いていたことは認めよう。当然、新しい状態に落ち着くまでなんらかのあつれきがあって当然だし、そのことについてとやかく言うつもりはない。しかし、君が家政婦もいない家で働きたいと思うかどうか、疑問だった。もちろん代わりの女性を探す努力はするが、村の女たちはここで働きたがらないから簡単には見つからないだろう」

「なぜですの?」

「わからない?」ジェイクは表情をかたくし、長い指先で頬の傷跡をなぞった。『毎朝テーブル越しにこれを見なければならないとしたら、だれだってしりごみするだろう」

「ナンセンスです!」ジョアンナも立ち上がり、激しい勢いで反論した。「あなたが考えるほど、その傷跡はひどくありませんわ。それどころか……」

「同情の必要はない、ミス・シートン。今まで平凡な慰めの言葉は繰り返し聞かされてきたから」

「でも……」

「それに、村の人がここで働きたがらない理由はほかにもある。村ではもっぱらぼくの頭がおかしいという評判が立っているし、アニヤの態度も普通じゃないと思われているんだ。事故以来、ぼくが仕事から遠ざかっているのを知っていて、それはつまり……ぼくの頭が少しばかり狂ったせいだと信じこんでいる」

「そんなばかなことってありませんわ!」ジョアンナはびっくりして声を荒らげた。

「どうしてわかる? もしかしたら彼らの言うことが正しいのかもしれない。おそらくぼくは……正気じゃないのだろう。二年間もこんな生活をしてきたんだ、そうなっても不思議議ではない」

ジョアンナはうつむく。「私がここに残ることを望んでいらっしゃるのですか？」静かな声で言った。「私が……あなたの平和を乱すだろうと心配なさっては……」

「平和だって？　ぼくに平和などありはしない。しかし君の質問に答えると、そう、君に残ってもらいたいと思っている。君の……今までと違った率直なやりかたは、アニヤにとって必要なものかもしれない」

「わかりました」

琥珀色の瞳に長いこと見つめられて戸惑いながらも、ジョアンナはそのうつろな表情から、ジェイクがすでにほかのことに頭を切り替えていることを理解した。彼はふと目をそらした。ジョアンナは疲れを意識しながら、ここに来たことを後悔することになるかもしれないという不安を胸に、ジェイクのあとから部屋を出た。

4

レンジローバーに顔を引きつらせたミセス・ハリスを乗せて、ジェイクは十一時過ぎに出発した。

だれかが一時的にせよ家事を引き受けなければならないだろうと考えながら、ジョアンナはキッチンに向かった。裏の野菜畑を見渡せるキッチンは石張りで、流しには汚れた朝食の食器が残っている。こんなありさまを見るのはたまらなくいやだったが、午前中の大騒動にもかかわらず空腹を覚えたジョアンナは、なんとか二人分の昼食の支度を算段しなければならないと心に決めた。

出発前に娘と話し合ったジェイクは、アニヤが髪を乾かしてから下りてくると言っていた。

台所の設備は旧式なものばかりだった。白い流しと木製の調理台、おそらくミセス・フォーセットのころからあったと思われる電気調理器、汚れもののあふれた二槽式洗濯機、骨董《こっとう》品的冷蔵庫と作りつけの食器棚。部屋の中央には木製のテーブルが置かれている。二階の給湯と暖房のためらしいすすけたアガ社製ボイラーのおかげで室内は暖かかった。

食器を洗い終わると、ジョアンナは食料貯蔵庫を探し当てて中を調べた。いくつかの缶詰と、かびくさいパンが少しあるくらいだったが、卵はたくさんあった。窓から見える畑には何も実ってはいないようだ。

ミックスベジタブルの缶詰のラベルを読んでいると裏のドアをたたく音がし、ジョアンナはこの家の主人が留守だということを思い出して不安げに窓から外をのぞいた。

「リリー？　そこにいるのはリリーかい？」

窓に額をくっつけて声の主を見ようとしているとドアがあき、老人が部屋に入ってきた。ジョアンナは一瞬びくっとしたが、どうやら彼がマット・コールストンという使用人らしいと察し、なるべく明るい声で言った。

「ミスター・コールストンですわね？　ミセス・ハリスを探しているのなら、もうここにはいませんわ」

「いない？」彼はかぎ鼻の上に灰色の眉がひさしのように突き出ている顔をしかめた。

「それなら、今どこにいるんだね？」

「ミスター・シェルドンが彼女にやめてもらったんです。三十分ほど前に出発しましたわ」

「ほう、こいつは驚いた！」老人は予想外の熱心さで太腿をたたいた。「ジェイクだんなはついにやりおったわい！　だんながそんなふうに考えているとはちっとも知らなんだが」

ジョアンナはどう答えていいかわからなかったので、話を変えた。「何かご用？　ミスター・シェルドンが帰られるまで私が家のことを引き受けているんです」

「なるほど。それならこいつはあんたに渡すべきかな？　台所のほうも引き受けとるらしいから」マットは手を前に出し、死んだ鶏をテーブルに置いた。ジョアンナはこれほど気味悪いものを見たことはなかった。今までチキンといえば下ごしらえが済んだものしか知らなかったのに、これは冷たくなったばかりらしく、まだ白い羽根に覆われている。

「ミセス・ハリスがこれを持ってくるようにとあなたに？」

「夕食用にと言われたんで」マットはぐたっとしてゴムみたいな鶏を押しやった。

「でも私……羽根がついているのは……」ひとり言のようにつぶやき、それから思い直して礼を言った。「ありがとう、ミスター・コールストン。な、なんとかやってみるわ」

マットは黒い目を細くして彼女を見つめ、それからやや唐突にこう言った。「わしはまた、あんたがやくざなアニヤを教えに来なすったと思ってたが、家政婦だとは……」

「そうじゃありませんわ」この老人には事情を説明すべきだと思い、ジョアンナは続けた。「アニヤを教えに来たのは事実です。でも新しい家政婦が見つかるまで……」

「なるほど、そういうことですか」老人はうなずいた。「あんたみたいな若いお嬢さんがこんなところに来るとは、いったいどういうわけです？　ロンドンから来なすったようだが、都会の若いもんには見る目がないのかね？」

ジョアンナはほほ笑んだ。「どうも。でも私、急いで結婚するつもりはありませんの。それに、だれもプロポーズしてくれなかったし」

「本当かね？」

「つまり、私がそうしてほしいと思うような男性はね」ジョアンナはくすっと笑い、老人もそれに応《こた》えて楽しそうに笑った。

「あんたはアニヤにお行儀を教えるのかね？」

「ええ、そのつもりですわ」

「あの子には相当てこずるだろうよ。長いことほったらかしにされてきたから」

ミセス・ハリスと同じようなことを言ったが、マットの言いかたにはとげがなく、この老人は家政婦と違って、アニヤに愛情を抱いているらしい。

「ところで、名前はなんとおっしゃる、ミス……？」マットはしわがれ声できいた。

「ジョアンナ・シートンです。よろしく、ミスター・コールストン」

「わしの名はマット」老人はドアのほうに歩き出しながら言った。「そんなに堅苦しく呼ばんでくださいよ」マットはもう一度死んだ鶏を見下ろし、考え直したようにそれをとり上げた。「こいつの羽根をむしってきれいにしとくかね。あんたはハリスばあさんのしりぬぐいに忙しそうだから」

「でも……」ジョアンナは反対しようとしたが、すでにドアは閉まっていた。

午後はパンと小麦粉を買いに村まで歩いていくことに決め、昼食用の卵を泡立てていると、アニヤがキッチンに入ってきた。清潔に洗った顔を見るのは初めてで、その変わりようにジョアンナは驚かされた。母親譲りらしいブルーの瞳に父親と同じ黒い髪はみごとなとり合わせで、ちゃんとした服装をした少女はとてもかわいくさえあった。

「ミセス・ハリスは?」廊下から一歩入ったところに立ち止まって、アニヤはきいた。

「ここはあの人のキッチンで、あなたのじゃないわ。勝手に入らないでよ」

ジョアンナは卵のボウルを置いてため息をついた。「ミセス・ハリスがもうここにはいないこと、お父さまから聞いているでしょう? さあ、お昼にオムレツを食べる? それとも自分で好きなものを作る?」

「あなたが作ってるんだったらついでにそれを食べるわ」アニヤはおうへいに言い、キッチンのテーブルに近づいて椅子にまたがった。「パパは、あなたが今度の家政婦になるなんて言わなかったわよ。どうしてここにいるの? ミセス・ハリスのほうがましなのに」

ジョアンナはアニヤの挑発に応じまいと決意した。もし言い返せば、留守中どんなにひどいことを言われたか、彼女は大喜びで父親に告げ口するに決まっている。

ジョアンナは反対に甘ったるくほほ笑んでみせた。「あなたって本当に不愉快な子ね、アントニア。あなたが私を嫌っている以上に、私もあなたが嫌いよ。でも私たち、いずれにしてもうまくやっていかなければならないみたいね」

「あたしの名前はアニヤよ」ぴょんと立ち上がり、少女はむっとしたように抗議した。「あなたとなんか絶対うまくやっていけないわ。今までの先生もひどかったけど、あなたはもっとひどいと思うわ。前の人はミセス・ハリスをやめさせやしなかったし、パパに流し目を送ったりしなかったもの」

ジョアンナは一瞬少女に手を上げようと思ったほど腹を立てた。ジェイク・シェルドンに流し目を送った覚えなどさらさらないのに！

あらゆる理性をかき集めて卵の入ったボウルをとり上げ、彼女は冷静な声で言った。「ミセス・ハリスをやめさせるように頼んだわけじゃないし、あなたのお父さまに流し目だなんて、とんでもないわ。ミスター・シェルドンのことは何も知らないし、残念ながら私の好みでもないのよ」

「顔のせいで？」意外にもアニヤは心配そうに尋ね、ジョアンナはすぐに首を振った。

「もちろん、そのこととは関係ないけれど」

「本当？　毎日傷跡のある顔を見たがる女性はいないって、パパは言ってたわ」

「お父さまは少し気にしすぎているんじゃないかしら？　で、あなたはどう思うの？　お父さまを見るのはいや？」

「あたし?」アニヤは再び椅子に座った。「いやじゃないわ。パパを愛してるんですもの、どんな顔してたって平気」

「そうでしょう?」ジョアンナは棚から重いフライパンを下ろし、こんろにのせた。「だれかを愛していたら、その人の外見で判断はできないはずよ。その人があなたにとってどんなに大切かっていうことで人を愛するんですもの」

ジョアンナはオムレツを焼きながら缶詰のミックスベジタブルを温めた。おなかをすかした十一歳の少女にとって満足できる食事ではなかったが、買いものに行って必要な食料を整えるまではこれで我慢するしかなかった。

食事を済まして早速テーブルを立ったアニヤに、ジョアンナはお皿を下げるように言い、それからあとで村に案内してほしいと頼んだ。

「どうして村になんか行きたいの? 村の人はみんなあたしたちを嫌ってるのに。みんなあたしたちのこと……おかしいと思ってるのよ」アニヤは反抗的なしぐさで肩をすくめた。

「それは、ほんとかもしれないけど」

「たとえ怪物だってときには食べないと飢え死にしちゃうわ」ジョアンナはさらっとかわし、食器を流しに運んだ。「ただ、いくらか買いものをしたいだけ。お店の人がお金を受けとらないとは思えないわ」

「レーブンズミアに買いものに行っちゃいけないのよ。パパはいつだってミセス・ハリスをペンリスまで連れてって、あそこのスーパーマーケットで買いものをしてたわ」

「一回くらいかまわないでしょう？　さ、急いでお皿を運んで。あなたのお父さまがお帰りになる前に買いものを済ましてしまいたいのよ」

アニヤはまだ反対したい様子だったが、考え直したらしく肩をすくめ、流しに食器を運んだ。

洗った皿を片づけていると、マットが入ってきてきれいに羽根をとったさっきのチキンをテーブルの上に置いた。ジョアンナは感謝をこめてほほ笑んだ。「本当に助かりましたわ、ありがとう」

マットはウインクをしてみせただけで、すぐにアニヤに話しかけた。「ミス・シートンにあまり手を焼かせるんじゃないよ、おちびさん」老人は節くれ立った指でアニヤの小さなとがった顎を上げた。「そろそろだれかがおまえさんをちゃんとしつけるころあいだ。そのだれかはミス・シートンかもしれんぞ」

「へえ、そう？」

アニヤは顎をぷいとそらし、唇を反抗的に突き出した。ジョアンナは、マットが余計なことを言わないでくれればいいのにと願わずにはいられなかった。彼の言葉はアニヤの負けん気を刺激することになるだろう。

「だんなは何時に戻ると言いなすったね？」マットは家庭教師に注意を戻し、ジョアンナはアニヤから目を離さずに肩をすくめた。

「特に何時とはおっしゃらなかったけれど、ミセス・ハリスをランカスターまで送っていらしたのだから、いつごろ帰れるかだいたいわかるんじゃありません？」

マットは顎をさすった。「十一時ごろここを出たとすると、ランカスターに一時過ぎ、四時前には戻られるだろうが」老人は眉を寄せる。「どうやら溝掘り仕事はあすまで延ばさにゃならんらしい」

「二人でする予定でしたの？」ジョアンナはきのうの出来事を不安に駆られて思い出していた。ボスの留守中、マットはよくアルコールの誘惑に屈服するのだと、ジェイクは言っていた。

ふと思いついて、ジョアンナは言った。「あの……裏の畑がだいぶ荒れているようだわ。もしほかにすることがなかったら、あそこを耕してみてはどうかしら？　私は素人でよくわからないけれど、早春にとれる野菜の種をまくにはいい時期ではない？」

「そうね、庭を掘り返したら、マット？」アニヤは意地悪く口を挟んだ。「ミス・シートンは自分以外のみんなに仕事を押しつけるのがすごくじょうずなのよ」

「そうじゃないわ、アニヤ！」ここに来て以来初めて、少しばかりの理解を示してくれた唯一の人を敵に回すのはなんとしても避けたい。ジョアンナは自分の軽率な提案に彼が気を悪くしなかったことをひたすら願った。「私はただ……」

「あまり自慢できないわしの持病について、だんなから聞いてるようだね？」マットは薄くなった髪をさすった。「暇があるとわしに悪魔がとりつくんじゃないかと心配していなさるらしい」

「ミスター・コールストン、私、本当に……」

「マットと呼ぶのを忘れんように。もしあんたがそうしてほしいなら、喜んで掘り返しますよ」老人はそう言うとアニヤに指を一本立てて見せた。「おまえさんがお行儀を覚えたくないからって、わしとミス・シートンを対立させようなんて考えないこった」

少女は頑固に唇を結ぶ。「教えてもらわなくたってお行儀くらい知ってるわ。それにあなたがお行儀について何か言うなんてちゃんちゃらおかしいわ！　きのうの夜どこにいたか、あたしちゃんと知ってるんだから」

「アニヤ！」

ジョアンナは肝をつぶしてたしなめたが、マットは片手を上げて遮った。「悪気はないんだから」彼は赤くなった少女の顔を見下ろした。「この子は森でわなにかかったうさぎみたいなものなんだ。もがいてもどうにもならんのに、たまたま通りかかっただれかが助けようとすると、そいつに気づかずにかみついたりひっかいたりして暴れ回る」

「そんな作り話、聞きたくないわ」アニヤはいやな顔をして言い返した。「あたし、助けなんか必要ないもん。ここで暮らすのに必要なことはなんだって知ってるんだから、それで十分でしょ」

「パパがロンドンに帰ることにしたらどうなるね？　娘が野蛮人みたいにふるまうのを喜ぶと思うかい」

「パパはロンドンに帰りっこないわ」アニヤはそう言いながらも、かすかな不安にとらわれたようだった。「パパは……あっちでは幸せにはなれないわ。パパがそう言ってたもの。どっちみち、あなたとは関係ないことよ！」

アニヤはそれだけ言うとキッチンから飛び出していき、ジョアンナはあきらめたようにため息をついた。アニヤはしばらく姿をくらますだろう。村への近道を教えてもらう望みは断たれたようだ。

そのときふとほかの考えが頭にひらめいた。「ミスター……いえ、マット！」

ドアのほうに歩き始めていたマットは立ち止まって振り返った。

「ここから村まで歩いていけます？　つまり、道路を回っていかずに？」

「川まで下りて小道沿いに行くとパイパースブリッジに出るが、わしだったらその道は勧めんね。ここんとこの雨でところどころ川の水があふれているから、足をとられたら危険だ」

「まあ、そう」ジョアンナは顔を曇らした。

「ほかにも近道はあるが」マットはあまり気乗りしない様子でつけ加えた。「森を抜けてトレバーのとこの畑から村に下りる道で、アニヤなら案内できるだろうが説明するのはちょっとばかりややこしくてね」

ジョアンナの表情は明るくなる。「大丈夫、きっとその道を見つけられるわ、マット」彼に教えられた近道は少々複雑そうだったが、支度をしに二階に上がるジョアンナに不安はなかった。

シープスキンのジャケットのボタンをかけながら再び階段を下りてきたとき、こざっぱりした服装のアニヤがホールに立っているのを見て、ジョアンナはわざと無関心を装って声をかけた。

「どこに行くの？」

「村に行きたいんでしょ？」アニヤはむっとしたようにアノラックのポケットに手を突っこんだ。「道を教えてあげようと思って待ってたのよ」

「まあ、そう？」内心この態度の変化に驚いてはいたが、なるべくさりげない調子でジョアンナは言った。

外に出てアニヤが指を唇に当ててぴいっと鋭い音をたてると、くしゃくしゃの毛を目の前にたらした二匹の犬が喜び勇んで駆け寄ってきた。

「いったいどうやって見分けられるの？」夢中になって跳ね回る犬を見ながらジョアンナは尋ね、アニヤはばかにしたように教えた。

「ビニーは雌ですもの。雄と雌は違うわ。人間と同じ」アニヤは二匹の犬を従えて門を出て、川に下りる道を進み始めた。

「どこに行くの？」二人の間の休戦に気をよくしていたジョアンナに、再び不安がよみがえってきた。

「村に行く近道を知りたいんでしょう？」アニヤはとぼけた。「それがこの道よ。さあ来て、案内してあげる」

ジョアンナはためらった。アニヤが川沿いの道を教えようとしていることは確かだった。その道が危険だということをすでにマットから聞いていると言うべきだろうか？　しかしジョアンナは少女の裏をかいてやりたいという願いに打ち勝てなかった。何も知らないふりをして案内させよう。そして途中で彼女が引き返したら――そうするに決まっているが――森を抜ける道まで戻ればいい。

増水した川の流れは速く、行く手を遮る岩にぶつかっては滝のような音をたてていた。

「この道よ」アニヤは土手沿いに曲がりくねっている小道を指さした。「ちょっとぬかるんでいるけど、この道を行くと村はずれのパイパースブリッジに出るわ」

「わかったわ、ありがとう。あなたは？　つまり、いっしょに行かない？」

「行かない」アニヤは落ち着きなく足踏みをした。「パパは、村に犬を連れていくのをいやがるから、あたし、ここから引き返すほうがいいと思うの」

ジョアンナは肩をすくめた。「そう、じゃ、またあとで」

「じゃあね」ほっとしたように少女は手を上げた。

冷たい川に落ち、ずぶ濡《ぬ》れになって家に戻ったらあの子はどんなに喜ぶだろう。ジョアンナは川沿いを歩き始めながら考えていた。父親にどんな言いわけをするつもりか知らないが、あの子に関する限り、どんなお仕置きをされようが自業自得というものだろう。

ジョアンナはころあいを見はからって川沿いの道を引き返したが、その途中、川からまっすぐ上に森があるのを見て、わざわざ家まで戻らなくてもここから森に上っていけそうだと判断した。

急斜面を上っていくと、膝丈まで伸びた草の露がパンツを濡らしたが、ちゃんと買いものをして家に帰ったときのアニヤの顔つきを想像するとそれくらいの犠牲はなんでもなかった。

マットの説明を思い出しながら進んでいくと、確かに彼の言った柵《さく》があり、ジョアンナは得意な気分で踏み台に足をのせ、切り株だらけの畑に飛び下りた。

生け垣沿いの道でふと立ち止まり、彼女は眉をひそめた。マットの説明によると農家の向こう側の小道に出るはずなのに、この道は建物の裏手に通じているようだ。進むべきか、マットの言った道を探すべきか迷っていると、どこからともなく現れたランドローバーががたぴし揺れながら近づいてきた。

逃げ出すのもはしたないと思ってそのまま立っていると、車はすぐそばまで来てブレーキをきしませて止まり、中から若い男性が降り立った。

「やあ」

「こんにちは」ジョアンナは当惑を隠してかすかにほほ笑んだ。「不法侵入、ですかしら?」

青年はにこっと笑った。「そのとおり。でも気にしないでください。どうやらこのあたりの人じゃなさそうだ」それからジョアンナの濡れたパンツに目を落とした。「川に落ちたんですか?」

「そうなるのを避けて川からここまで上ってきたんですけれど」ジョアンナは後ろを振り返り、悲しげに答えた。「草が濡れていて」

「なるほど」青年は明らかに納得していなかったが、一応その説明を受け入れた。「それで、どっちに行きたいんですか? ヘロンズフットへ?」

「いいえ、レーブンズミアに行こうと思って」

「村に?」彼はびっくりしたように言った。

「方向違いでしょうか? 村はあちらだと思ったのですけれど」ジョアンナは湖面とおぼしききらめきと、集落の屋根に向かってうねうねと続いている小道を指さした。

「方向は合っているが、ただ、ちょっと驚いたので。まさかヘロンズフットからはるばる歩いてきたとは思わなかったから」

「いえ、そんなに遠くから歩いてきたわけじゃありませんわ」

「でも、このあたりにはうち以外にはレーブンガースがあるきりだし、まさか君がそこから来たはずもないし」

「私、そこから来ましたのよ」青年のびっくりした表情を無視して、ジョアンナは急いで先を続けた。「ミスター・シェルドンに雇われて、アニヤ……アントニアの家庭教師をしていますの」

「へえ！」彼は信じられない様子で叫んだ。「まさか君みたいな人が家庭教師とは！」

「もしよろしかったら、村への道を教えていただけます？　どうやら道を間違えたようですわ」

「えっ？　ああ、もちろん」グリーンの瞳と、ここに来るまでの間にいくらかほつれて落ちかかるハニーブラウンの髪に見とれていた青年は、ふと我に返ったように答えた。「その前にお互いに自己紹介すべきじゃないかな？　つまり、お隣同士ってわけだからね。ぼくはポール・トレバー。そしてここは父の農場」

「はじめまして、ミスター・トレバー。私、ジョアンナ・シートンといいますの。でも、先を急ぎますので、よろしかったら……」

「しかしそのままでは……」青年はほっそりした脚にへばりついているびしょびしょのパ

ンツを見下ろした。「うちに寄って乾かしたほうがいい。母も君に会えばきっと喜ぶと思うし、そのあとランドローバーで村まで送ってあげますよ」

「そんなご迷惑をおかけするわけにはいきませんわ」ジョアンナは断ろうとしたが、青年は少しも迷惑じゃないと保証し、彼女を車に乗せた。

裏庭から、パンを焼くおいしそうな匂《にお》いが漂うキッチンに入っていくと、車の音を聞いたのか、ポールの母親らしい中年の婦人が廊下側のドアから姿を見せた。髪には灰色のものがまじり、丸顔は健康そうにつややかで、いかにも料理好き——もちろん食べるほうも——といったタイプだった。

「お客さんだよ、ママ」ポールは言った。「レーブンガースから来たミス・ジョアンナ・シートン」

「初めてお目にかかります、ミセス・トレバー」

相手が手を差し出そうともしないので、ジョアンナも遠慮した。そんなはずはないと思いながらも、ミセス・トレバーの態度にぎこちなさを感じとり、ポールに誘われるままのこのことついてこなければよかったとジョアンナは後悔し始めていた。

「レーブンガースのかた?」ポールの母はかすかな不満をたたえて息子を見た。「ミスター・シェルドンのご親戚《しんせき》か何か?」

「違うよ」ポールは説明する。「アントニアの家庭教師なんだ。川からこっちに来る途中で服を濡らしてしまったので、うちに来て乾かしたほうがいいと勧めたのさ。どこかにバーバラのスラックスがあるはずだから、乾くまでそれをはいててもらえばいい」

「まあ、そうだったの」さっきまでのぎこちなさは消えていた。「失礼しました、ミス・シートン、濡れていらっしゃるのに気がつかなくて。もちろん着替えをしなくちゃいけませんわ。服を乾かす間、お茶をいれましょう」

ジョアンナはためらった。「村に行く途中ですので」思ったより時間がかかりそうだと悟っておずおずと口を開いたが、ミセス・トレバーは意に介しなかった。

「ポールが車でお連れしますよ」ミセス・トレバーの言葉に、ポールは〝ぼくの言ったとおりだろう?〟とでも言いたげにウインクをしてみせた。「時間は十分ありますから、二階に行って何か着るものを探してきましょう」

好意は嬉《うれ》しかったが、時間がたつにつれジョアンナは落ち着きをなくしていった。ジェイクは何時に帰るだろう？　四時？　それとも五時？　トレバー家でお茶を飲んだことでとやかく言われなければいいのだが。

ミセス・トレバーはおしゃべり好きだったが、ジョアンナはあらゆる質問を適当にかわした。彼女はアニヤとのぎくしゃくした関係について話したくはなかったし、彼らのジェイクに対する露骨な好奇心に敵意が含まれていることを感じないわけにはいかなかった。さっき感じたぎこちなさはこの敵意だったのだ、とジョアンナは理解する。地域社会との接触を拒むジェイクの生活が、好奇心ばかりでなく敵意をも買っているのだろう。

結局、買いもののリストを持ってポールひとりが村に出かけた。借りもののスラックスはだぶだぶだったし、コーデュロイのパンツはまだ乾かないしで、しかたなくポールの好意を受け入れたのだ。

ランドローバーの近づく音がしたのは五時十五分前で、早く帰りたくてうずうずしていたジョアンナはほっとして立ち上がった。しかしお茶を飲んでいたリビングに入ってきたのは、野良着姿でゴム長をはいた五十がらみの男性で、ジョアンナはがっかりした。それまでにミセス・トレバーから家族――夫、結婚した娘のバーバラ、農業の勉強をしに大学に行っているアンドリューという息子――の話を聞かされていたので、彼がポールの父親だということはすぐにわかった。ジョアンナは失望を顔に出さないように努力しなければならなかった。だが、彼はひとりではなかった。あとから来たもうひとりの男性、ジェイク・シェルドンの険しい表情に気づいて、ジョアンナの胸はどきどきと高鳴った。薄暗い廊下からでさえ、傷跡のある顔にくすぶる怒りが伝わってくるようだ。ポールの父親が説明するのをぼんやりと聞きながら、彼女は痺《しび》れたようにジェイクを見つめていた。

5

「道でミスター・シェルドンとお会いしてね」妻と意味ありげな視線を交わし、ミスター・トレバーは言った。「若いご婦人を探しておられると聞いて、ポールがお連れしたというかたじゃないかってことになったんだ」

「お帰りになっていたとは知りませんでしたわ、ミスター・シェルドン」ジョアンナは思いきって言った。「私のことでご心配をおかけしたとしたら、申しわけございません」

「コートは？」礼儀などおかまいなしにジェイクはぶっきらぼうに尋ねた。ジョアンナが答えるより先に、ミセス・トレバーが椅子から立ち上がりながら口を挟んだ。

「このかた、小川から上ってきてスラックスを濡《ぬ》らしてしまったんですのよ。もちろんお気づきでしょうけれど、乾かす間、娘のをはいていただいているんです。ちょっと大きすぎましたけど」ミセス・トレバーは小さな忍び笑いをもらした。「ジョアンナが遅くなったのは私どもがお茶に誘ったからなんです。今、ポールがこのかたの買いもののリストを持って村に行っていますわ」

「ご迷惑をおかけしました、ミセス・トレバー」ジェイクは家庭教師の困惑など意に介せず、そっけなく言った。「ミス・シートンが村に行くつもりだったとはまったく知らなかったのです。知っていれば彼女を歩かせたりしなかったでしょう」彼は陰気な琥珀《こはく》色の瞳をジョアンナに向けた。「支度ができたら……」

なぜ彼が不機嫌なのか、ジョアンナには理解できなかった。隣人とお茶を飲んだだけなのに！　これではまるでおりから逃げ出した家畜みたいではないか！

「まだ帰るわけにはいきませんわ」

「なぜ？」ジェイクは眉を上げる。

「だって」ジョアンナは申しわけなさそうにミセス・トレバーを見やった。「ポールがまだ帰っていませんから」

「それなら先に着替えなさい。彼のいるところまで連れていこう」あまりにもかたくなな言いかたに、ジョアンナは暗黙の了解を求めてちらっとトレバー夫妻を見やり、急いでリビングを出た。彼のわきを通り抜けようとして鋼鉄のようにかたいまなざしに出合い、ジョアンナの胸は激しく打った。ポールは十か十一、ジェイクより若いだろう。でもポールにはジェイクの持つ強靭《きようじん》さと男らしさはなかったし、若々しいハンサムな顔立ちも、ジェイクの禁欲的で荒々しい顔つきと比べるともの足りない感じがした。

コーデュロイのパンツはバスルームのヒーターの上に干してあった。ぶかぶかのスラックスを脱いで自分のパンツにはき替えながら、ジョアンナはちらっと鏡を見た。ずっと暖炉のそばに座っていたからか、ジェイクが突然現れたためか、頬は赤くほてり、ほつれて肩に落ちかかるハニーブラウンの髪がうなじのあたりに揺れている。途方に暮れた小鳥のようだ。それでもジョアンナは必死で落ち着きをとり戻そうとしながら階段を下りていった。

ジョアンナが階段の手すりの一番下にかかっていたジャケットに腕を通してリビングに戻ったときも、ジェイクは相変わらず入口近くに立ったままだった。彼女の姿を見るやいなや、彼はあいさつもそこそこに裏口から外に出た。

「また来てくださいね」ミセス・トレバーは温かく声をかけた。「お嬢ちゃんもごいっしょにどうぞ。お隣同士なんですから」

「小さなお嬢さんはうちの馬に乗りたがるんじゃないかな」ミスター・トレバーは気さくに話しかけた。「サラブレッドではないが、おとなしい、いい馬ですよ」

「ご親切はありがたいが、ミスター・トレバー、しかし……」

「ぜひそうさせていただきますわ」せっかくの好意をはねつけようとするジェイクをにらみつけて、ジョアンナは口を挟んだ。「アニヤはきっと喜ぶでしょう」

緑のレンジローバーに近づいていくと、タイミングよくポールが戻ってきてその後ろに車を止め、食料品の入った段ボール箱をかかえてドアをあけた。彼はジェイクがいるのを見て一瞬驚いたようだったが、すぐに笑顔を作ってしっかりした足どりで二人に近づいた。

「頼まれた品物はみんな手に入ったよ、ジョアンナ」それからジェイクのほうを向いてあいさつをする。「こんにちは、ミスター・シェルドン。この辺ではあまりお会いしませんね」

ジェイクは両手を差し出して段ボール箱を受けとった。「ありがとう」そしてジョアンナに厳しい目を向け、お金はどうしたのかと尋ねた。

「お渡ししましたわ」ポールに悲しげにほほ笑みかけて、彼女はむっとしたように言った。

「そのことはあとで話し合いましょう」

「いくら?」ジェイクは引き下がらず、ポールを振り返ったが、若者はただ頭を振っただけだった。

「あとでジョアンナにおつりを返します」ポールは年上の男性のいらだちをおもしろがっているようだ。ジェイクはそれ以上何も言わず、すたすたとレンジローバーのほうに歩き出した。

「じゃ、また近いうちに」ジョアンナの手を両手で挟み、ポールは共犯者めいた笑みを浮かべた。「びくびくすることないよ。君はあいつの所有物じゃないんだ。あすかあさって、連絡するよ」

「わかったわ」ジョアンナもほほ笑み、トレバー夫妻に改めてお礼を言ってから車に急いだ。

レーブンガースに戻る道に出るには村を回っていくしかないらしい。彼女は不機嫌にアクセルを踏むジェイクの非難を待ち受けていたが、彼は運転に集中しているのかひと言も口をきかなかった。

結局、最初に沈黙を破ったのはジョアンナのほうだった。「トレバー家の人たちにあんなにそっけなくする必要でもあるんですか?」怒りを抑えて彼女は言った。「私は確かにあなたに雇われています。でも奴隷ではないはずですわ。私が遅くなったことであのかたたちを責めるのは見当はずれじゃありません? あなたはたぶん、アニヤが望んだように、私がずぶ濡れになって帰ったほうがよかったと思っているんで……」

「トレバーのところに行くとちゃんと言いおいていったのなら、君にもぼくを責める資格があるかもしれないが」ジェイクは冷たくジョアンナを遮った。「帰ってからたっぷり一時間、君が湖まで流されたに違いないと思いこんでいたんだ! そして救助隊を呼ぼうと思った矢先に畑から帰ってくるトレバーに出会ったんだ」

「湖まで流されるですって? そんなこと起こるはずはないでしょう?」

ジェイクはいきなりブレーキを踏み、さっと助手席のほうに体をよじった。「何分か前までは君が死んだかもしれないと心配していたぼくに、トレバー家での態度がどうのと非難できるというのか? あそこでのんびりとお茶を飲んでいる君を見て、ぼくがどんなふうに感じたと思う?」

「そ、それはおかしいわ」ジョアンナは震える息を吸いこんだ。「マットもアニヤも、私が村に行くことは知っていたはずです」

「しかし村へは行かなかった。それに、マットは川沿いの道ではなく森を抜ける道を教えた、そうだね?」

「川沿いの道は行かなかったわ」ジョアンナはきっぱりと頭をもたげ、ジェイクは唇を引きしめた。

「それならなぜズボンを濡らした?」

「それが重要なことですの? ズボンが濡れた、ただそれだけのことです」

ジェイクはハンドルをつかんでいた手を離し、疲れたように髪の中に指を走らせた。

「アニヤが君を小川まで案内したのは知っているんだ。あの子をかばう必要はない」彼は片手をうなじに当て、考えこんだようにジョアンナを見つめた。「いったいどうしてそんなことをしたんだ?」

「そんなことって?」さっきの怒りに満ちた攻撃より、今彼の精悍《せいかん》な顔に表れている探るような表情のほうが、はるかに胸にこたえた。

「ぼくたちがどんなに心配するか、わかっていただろうに。君が戻ってこなかったらアニヤが大変なショックを受けるはずだってことも」

「でもなぜショックを受けるんでしょう？　あの小川は人が溺《おぼ》れるほど深くはありませんわ！」

「もし君が何も知らずに川沿いの道を行ったとする」その情景が相手の心にしみこむのを待つようにジェイクはいったん言葉を切った。「そしてある部分で水があふれていたとしよう。君が転んで頭を打った場合、どうなると思う？　増水した川には人間を湖に押し流すほどの力があるんだ。以前、そんなふうにして羊が溺死《できし》したことがある」

ジョアンナは唇をかんだ。「ちっとも知りませんでしたわ」それからため息をついて頭を揺する。「ええ、確かにアニヤの裏をかくつもりはありました。でも決してあの子に、それからほかのだれにも心配をかける気はなかったんです」

ジェイクはゆっくりとハンドルのほうに向き、ギアを入れ直した。「これでわかったね？　ぼくが隣人と友好的なおしゃべりをする気分じゃなかったわけが」

ジョアンナはしょげかえって彼を見上げた。「一時間も私を探していらしたんですか？」

「そんなところだ。川沿いのぬかるみに君の足跡を見つけたんだが、それは突然消えていたし、まさかトレバーのところまでよじ登っていくとも思えなかった。あそこはかなりの急斜面で、おまけに腰のあたりまで草が生えている。濡れずに上っていくのは不可能だからね」

「そのとおりにしたんです」

「それで濡れたのか……そこまでは考えなかったな」ジェイクはもう一度あきれたように
ジョアンナを見つめ、首を振った。「どうやらとり越し苦労だったらしい。それにしても、
君はトレバー家で楽しんだようだが、彼らは村人同様ぼくを嫌っているんだ」
「いいえ！　たとえあなたに対していくらかの興味を持っているとしても、あのかたたち
に悪意はないわ。それに、もし私たちがあなたの噂話《うわさ》に花を咲かせていたと疑っている
なら大間違いです！」
「そんなことは思ってはいない」ジェイクは皮肉っぽく言い返した。「君とポールにはそ
れよりもっと楽しい話があっただろうから。しかしアニヤにあそこに行くようにそそのか
さないでもらいたい。親切だろうがなんだろうが、あの子にはこの辺のだれともつき合わ
せたくないんだ。もちろん君が自由時間に何をしようが勝手だが」
なぜ娘の行動をそこまで束縛するのだろう？　もっとほかの人々と接触するようになれ
ば、アニヤの気持も和らぐかもしれないのに。しかし今は教育談義をしている場合ではな
かった。
家に帰ると、明らかに安堵《あんど》の表情を浮かべたマットに迎えられ、ジョアンナは謝るよう
に彼にほほ笑みかけた。
「心配をかけてしまって。時間をむだにさせてしまったとしたらごめんなさい」
「いや、あんたの言ったとおり畑を掘り返しとったよ」マットの快活な言葉を聞いてジェ

イクはいぶかしげな顔をした。「この若いご婦人が野菜畑を掘り返したらどうかって言ったんでね。だんなが留守の間、わしの悪い病気が出るのを心配してくれたようで」

ジェイクは不快げに唇を結んだが、それについては何も言わなかった。アニヤに謝らせたあと、彼は娘を二階に連れていき、ジョアンナがポールに買ってきてもらった食料品を整理しているキッチンに再び下りてきた。こんろの上にフライパンがのっているのを見て、ジェイクは何をしているのかと尋ねた。

「夕食の支度です」いらいらした表情に怖《お》じ気づくまいと、ジョアンナはまっすぐに相手を見つめた。「マットが下処理してくれたチキンを料理するつもりでしたけれど、時間がないので缶詰のスープと燻製《くんせい》ハムで間に合わせるしかなさそうですわ」

「料理人として君を雇ったわけじゃない」

「じゃ、だれが作ってくれますの？」

「ぼくが村に行って揚げた魚とフライドポテトを買ってくる。そしてあしたになったらペンリスの職業紹介所に行ってみるつもりだ」

「私、そういったものは好きじゃないんです」ジョアンナは脂っこさを想像して鼻にしわを寄せた。「それに、小さな子が寝る前に食べるようなものでもありませんわ。スープを温めるのは簡単だし、ハムを焼いてパイナップルの缶詰を……」

「結構。しかしぼくに料理の腕前を披露する必要はない」ジェイクは冷淡にはねつけた。

「ついでに言っておくが、村では買いものはしないことになっている。必要なものはぼくがあすペンリスに行って買ってくるつもりだ。これからは……」

「パンがなかったんです。パンばかりか小麦粉も。私には、あなたのご機嫌をとって飢え死にするつもりはありませんわ！」

ジェイクの目は凍りつくように冷たくなり、ジョアンナは自分が言いすぎたことを悟った。

「そしてここにある品物の代金は君が払った、そうだね？」彼は段ボール箱を見下ろした。

「いくらだった？」

「気になさる必要はありません」

「せっかくだが借りは払う。ここの財政状態をどう思っているかは知らないが、それくらいの支払い能力はあるんだ」ジェイクはポケットから財布を出し、五ポンド紙幣を何枚かテーブルの上にほうった。「これで間に合うだろう」そう言うが早いか、ジョアンナの返事も待たずに彼は立ち去った。

アニヤの夕食のお盆を持ってキッチンから出ると、再びジェイクが姿を見せ、「ぼくが運ぼう」と言ってお盆を受けとった。なんとも説明のつかない気分で、ジョアンナはわびしい夕食をとるためにキッチンに戻るしかなかった。彼女がセロリスープを口に運んだとき車が出ていく音が聞こえた。昨夜のようにしばらく待ってみたものの、ジェイクは帰ってこなかった。

翌朝七時に目をさましたジョアンナは、外がどんよりと曇っていたにもかかわらずなんの未練もなくベッドを離れ、シャワーを浴びてジーンズとセーターに着替えた。髪にブラシを当てているとあふれ出したスーツケースが鏡に映り、今日こそきちんと荷物を整理しなければと考えた。それに、母にも手紙を書くべきだろう。

階段のあたりは寒かったが、キッチンはすてきに暖かかった。

村での買いものにさんざん文句をつけただれかがすでにパンを食べたらしく、バターの包みが開いていた。パンくずの焦げた香ばしい匂《にお》いも、洗って伏せてあるコーヒーカップも、ジェイクが食事を済ました事実を証明している。

午前中はキッチンの掃除をしようと心に決めていたが、ジョアンナは家事のベテランというわけではないので、どこから手をつけたらいいか迷った。とりあえず流しを磨き、何カ月分ものほこりがたまった床を洗った。ときどき立ち止まってはトーストをかじり、コーヒーを流しこみ、再び仕事にとりかかる。

「パパはどこ?」だいぶましになった室内の様子に気づくふうもなく、アニヤがキッチンに入ってきた。

「さあ」ジョアンナは少女の無関心にいくらかがっかりしたが、努めて明るい調子で言った。「朝食は何がいいの?」

「きのうの夕食を作ったのはあなた?」アニヤは考えこんだようにきき、ジョアンナがうなずくといかにもばかにしたように続けた。「缶詰をあける以外の料理を知らないの? あんなの、あたしにだって作れるわ」

ジョアンナはむっとしたが、なんとか心を静めて言った。「きのうの夜はちゃんとしたお食事にするつもりだったのよ。でも、どこかのだれかさんが私を川に落とそうと悪だくみをしたから……」

アニヤはぱっと顔を赤くする。「川に落とそうなんて思わなかったわ。小川沿いに村への近道があるのよ」

「水があふれていることを知っていたでしょう? あの道は危険だって、幸いマットから聞いていたからよかったけれど」

「道を知らないふりをしてあたしをだましたのね!」アニヤは怒って抗議した。

「あなたも私をだました、そうでしょ?」

「あたし、戻ってあなたを探したわ。でも見つからなかった」少女は首をたれた。

「まあ、そうだったの?」ジョアンナはこのことについては聞かされていなかった。「でも、自分でまいた種ですものね」

「トレバーさんのところに行ったのね? パパから聞いたわ。どうしてあそこに行ったの? 知り合い? 最初からあそこに行くつもりだったの?」

「まさか、違うわ」ジョアンナはどうしてそんなことになったのか、すべてのいきさつを説明した。

アニヤはジーンズのポケットに手を突っこんだ。「パパ、すごく怒ってた」彼女は憂うつそうに言った。「あなたが溺れたかもしれないって。溺れるわけないわよね、ミス・シートン？　魔女は水の上を歩くって、本で読んだことがあるもの」

少女を優しくにらんで、ジョアンナは頭を振った。「いいかげんになさい。あなたみたいに頭のいい子が魔女を信じているはずはないわ。それにもし私が魔女なら、床を洗ったり食事の支度をすると思う？　魔法の杖《つえ》をひと振りすれば何もかもできちゃうのに？　さ、こんなばかげた話はやめましょう。朝食を食べるの、食べないの？　そしてあなたのお父さまは教科書やノートをどこにしまっていらっしゃるのかしら？」

アニヤは頭をかしげた。「あたしのこと頭がいいと思う？」

「もちろんそう思うわ」ほかの何よりも、アニヤはその言葉が気になったようだ、とジョアンナは考えながら、カップや皿をテーブルの上に並べた。「ハムエッグがいい？　それともトーストにポーチドエッグをのせる？」

アニヤはそれには答えず、疑わしそうに家庭教師を見守っている。「今までうちに来てた先生たち、みんなあたしをできの悪い生徒だって言ってたわ。知恵遅れだってきめつけた人もいたのよ」

「いいえ、そんなことないわ、本当よ。でも、もし勉強が遅れているとしたら、それはあなた自身が努力すべきことで、ほかの人を当てにすることはできないわね」

少女はいやな顔をした。「あたし、学校は嫌い。特にここの学校は。向こうだってあたしを嫌ってるんだから」

「もしあなたがみんなに迷惑をかけて……」

「そうじゃないわ！　とにかく、いつも迷惑かけてるってわけじゃないのよ。ただ、みんなすごくいやなやつなの」

「そう？」ジョアンナは静かに耳を傾けた。

「ロンドンにいたころは学校が好きだったわ。パパは毎朝学校まで送ってくれたし……」

アニヤは自分がだれに向かって話しているのか突然思い出したように口をつぐんだ。ジョアンナは、二人のささやかな第一歩を台無しにするかもしれない反発を恐れて、急いで何を食べるかときいた。

アニヤがポーチドエッグをのせたトーストを食べ終えたとき、父親が裏のドアから入ってきた。すでに雨が降り出していて、黒い髪に水滴が光り、ツイードの乗馬用ジャケットの肩が濡れている。ジョアンナははっと胸をつかれ、乱れた思いに気づかれまいと彼に背を向け、必要以上に勢いよくソースパンをごしごしこすった。私は少しどうかしているわ。ほとんど二十歳も年上で、おまけに成人した息子までいる男性に異性としての魅力を感じるなんて!

しかし様子の変わった室内を見回したジェイクの第一声は、そんなジョアンナの当惑をかき消した。

「君と関係のない仕事はしないようにと言ったはずだ、ミス・シートン」

濡れた手をタオルでふきながら振り返り、ジョアンナは流し台に寄りかかった。「なぜですの?」

「ぼくが君に家政婦の仕事までさせていると、母上に報告されたら困るのでね。妹はそれでなくてもぼくの暮らしぶりに眉をひそめているんだ。君の母上からそんな話を聞いたら、妹は鬼の首でもとった気になるだろう」

「まさか。自分が好んでしていることについて文句を言われるはずはありませんわ! でも、もしここの状況を手紙に書いたら、母はすぐ戻ってくるようにと言い張るでしょうね」

「それはそうだろう!」

「あなたにはよくわかっていらっしゃらない……」

「わかっているとも。ここのありさまを知ったら君のお母さんは間違いなく動転して……」

「この家の状態について言っているわけじゃありませんわ。家政婦もいなくなった今、独身男性とひとつ屋根の下に住むことは、母から見れば非常識ということになるでしょう」

「君はぼくの娘ともいえる年齢だ」ジョアンナを見つめるジェイクの表情は怒りに燃え、恐ろしいほどだった。「欠点だらけの人間かもしれないが、少なくともそこまで堕落してはいないつもりだ。古くさい言いかたかもしれないが、君の貞節は安全だ！」

二人のやりとりを見守っていたアニヤが「貞節って何、パパ？」ときいたとき、ジョアンナは正直言ってほっとした。

「なんでもない」ジェイクはつぶやいた。「パパはペンリスに出かけなければならないが、ミス・シートンに迷惑はかけないと約束できるね？」

「いっしょに行っちゃいけない？」オレンジジュースを飲んでしまうと、アニヤは手で口をふいた。

「新しい家政婦を見つけなければならないんだ」ジェイクはいくらか声を和らげて説明した。「お茶の時間までには帰れるだろう。もし帰れなくてもいい子にしているんだ。三回もおまえにお仕置きをするのはパパだっていやだからね」

「はい、パパ」

「お尋ねしたいことがあるのですが」荒々しい顔つきにはそぐわない長いまつげで瞳をかげらせ、ジェイクはしぶしぶジョアンナのほうに顔を上げた。「アニヤの教科書はどこにあるんでしょう？　学習がどの程度進んでいるのか調べてからちゃんとした授業を始めたいので」

「書斎の机の引き出しにある」ジェイクはなるべく早くそこから立ち去りたい様子で言った。「あそこには個人的なものは何もないから、自由に使ってくれて結構だ。質問はそれだけ？」彼は歩き始める。

ジョアンナはうなずき、「運転に気をつけて」と言ってしまってから、彼の表情がさっとこわばるのに気がついた。そして、遅まきながら、その言葉にジェイクが何を連想したか理解したのだった。

6

ジェイクが出発したあと書斎に入っていくとアニヤもいっしょについてきたので、ジョアンナは少しばかり自信をつけた。しかし乱雑な室内を見たとたん、ここで勉強するわけにはいかないと感じ、あきらめたようなしぐさで肩を動かした。

「掃除はできる？　午前中は家庭科の時間にして、この部屋をきれいにしてみない？」

少女が快く受け入れたのはさほど驚くにはあたらなかったが、意外だったのは、その気になりさえすればアニヤは大変な能力を発揮するという事実だった。足手まといになるどころか、少女は敵意のかけらも見せずに活発に働き、まったく労をいとわなかった。

みすぼらしいカーペットや家具までとり替えるわけにはいかないのでエレガントと形容するのは不可能だったが、暖炉に火を入れてマットが用意してくれたまきをくべたあと、部屋には家庭的な雰囲気が漂い始めたようだった。マットはどこからかひとかかえの菊の花を切ってきてくれて、アニヤが陶の花瓶にそれを生けた。ジョアンナはジェイクの油絵をきちんと整理して机の上を片づけた。三人はその成果にそれぞれの満足感を味わった。

お昼はスパゲティーボロネーズ。きのう調達したスパゲティーに、肉の缶詰、トマトの缶詰、チーズ、オニオン、ハーブで調理したソースをかけると、すばらしくいい匂《にお》いがした。ジョアンナは鼻をくんくんさせているマットも誘って、三人でぴかぴかのテーブルを囲んだ。

「あたし、パパにイタリア料理のレストランに連れてってもらったことがあるわ」フォークにスパゲティーを巻きつけようとしながらアニヤが言った。「パパはスパゲティーなんとかってのを食べたけど、あたしはピザにしたの。あのとき、こういうのを頼めばよかったな」

「缶詰料理でもまあまあ食べられるでしょ?」こんなときのアニヤはびっくりするほど愛らしいと思いながら、ジョアンナは軽く皮肉を言った。

「あのチキンは今夜料理するのかね?」

「ええ、キャセロールを作ろうと思っているの。ずっと温めておけるから、ミスター・シエルドンが遅くなっても大丈夫でしょう?」

「あいつは……つまり、あの鶏は若かないからかたいだろう」老人は少し困ったように黙りこみ、それから再び続けた。「リリー・ハリスのやりかたとはちっとばかり違うらしい。ハリスばあさんはなんでもかんでもやりすぎちまうんだ。ばあさんなら老いぼれチキンをボイルしただろうが、あんたがローストにしたいなら、もっとぴちぴちしたやつを持ってこよう。柔らかくてとろけるようなのをね」

ジョアンナは笑った。「ありがとう、マット。でもいいのよ。あれをじっくり料理するわ。私ね、どんな肉でも柔らかくするちょっとしたこつを知っているの」

「あんたは見かけによらず頼りになるんだね、ミス・ジョアンナ」マットは感心した様子で言うと、よっこらしょと立ち上がった。

「ほめられたんだか、けなされたんだかわからないわ」気に障ったふりをしたが、二人の交わしたまなざしには一種の理解があった。

「初めて会ったときからなかなかのべっぴんさんとは思っていたが」マットは背中を伸ばして言った。「どうやら頑固なところもあるらしい」老人は顔をしかめる。「きのう畑を耕したせいで筋肉がぎしぎしきしんどるよ。いいかい、気をつけるんだぞ、アニヤ。ミス・シートンは今までの先生みたいにすぐにへこたれる根性なしじゃなさそうだ」

ジョアンナは老人の余計なおしゃべりにため息をついたが、アニヤはちょっと唇をとがらしただけで何も言わなかった。

「それじゃ、またあとで」とジョアンナは出ていこうとするマットに声をかけ、アニヤと二人で菊の香りが漂い、暖炉のまきがはぜる書斎に行った。

教科書は机の一番上の引き出しに入っていた。歴史、地理、英文法の本に算数の問題集、それぞれの教科に対応した練習帳もある。アニヤが火のそばの椅子に寝そべっている間、ジョアンナはぱらぱらと練習帳のページをめくってみたが、あまり感心できるでき栄えとはいえなかった。間違いが多すぎるし、インクのしみがノート類にだらしない印象を与えている。意外だったのはスペルが正確なことと細かい点に気づく感受性の鋭さで、ほかの課目はどうあれ、アニヤの文章力はすばらしかった。

残念なことにだれかが、作文の上に〝表現方法が回りくどい〟とか〝想像力に頼りすぎる〟とか〝この部分は文のテーマとどんな関連があるか〟とかいう書きこみをしており、読んでいくうちに、ジョアンナにもなぜそんな注意を書かれなければならなかったかわかりかけてきた。作文の題と内容とはほとんど無関係で、アニヤは題名から受けるイメージをふくらませ、そのあとに続く文章を生き生きした想像力で満たしていたのだ。これまでの教師が気づかなかったこと、または気づいてもそれを長所として認めなかったことは、アニヤが物語性にすぐれた文章を書く才能を持っているということだった。

「今までの先生たち、あなたのお勉強についてなんとおっしゃっていて?」ジョアンナは椅子の背にもたれてじっと暖炉の火を見つめている少女に問いかけた。「歴史や地理はあまり好きじゃないようね。でも、先生がたはなぜあなたを劣等生と考えたのかしら?」

「あたし、もう勉強できなくなったの。ロンドンにいるころは学校が好きだったわ。あそこの先生たちはあたしのことばかだと思ってなかったもの」

「ばかどころか、あなたの文章は想像力豊かでとてもすばらしいわ。きっと書くことが好きなのね？　ほかの課目はあまり感心できないけれど、それは頭が悪いわけじゃなく、勉強不足なだけよ」

「何か書いてるだけで楽しいのに、どうして地理や歴史の勉強をしなきゃいけないの？　あたし、作家になりたいんですもの、ほかのことはどうでもいいわ」

「作家になりたいなら、なおさらほかの勉強が必要になるでしょうね」

「どういうこと？」

「いい？　もし一生おとぎばなしを書き続けるならそれでいいかもしれない。でも、大人になってほかの国のことやさまざまな人たちについて書きたくなったら？　そうなったら地理も歴史も関係がないとはいえないでしょう？」

「そうか」アニヤは頭を振った。「今までそんなこと考えなかったわ」

「ね？　だからほかの課目もがんばってみない？」ジョアンナは励ますようにほほ笑んだ。


五時になってもジェイクは帰らず、ジョアンナはチキンキャセロールのできぐあいを調べながらアニヤと二人でお茶を飲んだ。アニヤがキッチンから出ていったあと、間もなくエンジンの音がしてジェイクが入ってきた。

「お茶をお飲みになります？」疲れたようにドアを閉め、ヒーターに近づいて手を温めるジェイクを見て、ジョアンナは立ち上がった。「まだたくさん残っていますし、今のあなたには一杯の紅茶が必要なようですわ」

ジェイクは両手を腰に当てて振り返った。ツイードの乗馬ジャケットの前がはだけ、茶系のシルクのシャツがたくましい胸にぴんと張りついているのが見える。いつものコットンシャツやコーデュロイパンツ以外の服装を見るのは初めてで、ジョアンナは、ダークブラウンのスエードのパンツが彼によく似合っていることを認めないではいられなかった。野性的に引きしまったジェイクの体を見ながら、ジョアンナは自分の心の動きにかすかな不安を覚える。彼はここに来る前に想像していたよりずっと若かったが、それでも四十近いことは確かだ。でも、この男性には年齢をまったく感じさせない不思議な引力がある。

ジョアンナは我に返り、自分がむさぼるように相手を見つめていたことに気づいて縮み上がったが、ジェイクは明らかにそんな態度を曲解したらしく、渋い顔をして言った。

「どうした？　お茶が片づかない？　そのままにしておいてくれれば自分でいれるから、君は荷造りを始めなさい」

「荷造りですって？　なぜでしょう？　私、出ていく気はありませんわ」

ジェイクはテーブルに近づいて、いらだったように表面を指先でたたいた。「そうするのが一番だと思う。家政婦は見つからなかったし、君も言ったとおり、男やもめと若い娘がひとつ屋根の下に住むのはどうかと思うからね」

「あなたはけさ、私たちは親子ほどの年の差があると……そんなことは問題外だと……」

「考えを変えたんだ」

「私は変えていません」家の状態は満足とはいえないし生徒も扱いにくいのは事実だが、大した問題ではない。ジョアンナはここから出ていきたくなかった。

「だれかがアニヤを変えられると思っていたのが間違いだった」ジェイクはひとり言のようにつぶやいた。「三回も失敗したんだ。今まで時間をむだにしていたことに気づくべきだった」

「そんなことありません！」ジョアンナは思わず彼のほうに一歩近づいた。今度は失敗ではないかもしれないことを、自分と少女との間に小さな希望が生まれつつあるということを、なんとかジェイクに伝えなければならない。「ミスター・シェルドン、私の話を聞いてくだされぱきっと考え直しますわ」

「ミス・シートン、君の善意は認めるが、父親のぼくが敗北を認めるときがきたんだ。娘は寄宿学校に入れなければならない。あの子を受け入れてくれるところがどこかにあるはずだ」

「いいえ！」ジョアンナは彼を慰めたいと願う以外何も考えず、手を伸ばしてジャケットのそでをつかんだ。その一瞬、希望を失ったひとりの人間として相手を意識しただけで、男性としてはまったく意識していなかった。ところがツイードの生地の下に張りつめた筋肉を感じたとたん、そういった博愛主義的な気分は消え去った。

彼女はかすかな賛嘆をたたえて彼を見上げる。荒涼とした厳しい顔立ちはすでに見慣れたものとなり、つややかな黒髪やいぶかしげな琥珀《こはく》の瞳と同じようにジェイク・シェルドンの一部になっていた。ジョアンナは自分のしていることを考えようともせずに、そっと彼の頰に手を触れた。二日前に書斎で初めて向かい合ったとき以来ずっとこうしたかったのだということに気づきながら……。

「やめてくれ！」ジェイクは乱暴にジョアンナの手を払いのけた。「ぼくはろう人形じゃない！　ここから出ていくからといって、ぼくを博物館の陳列品みたいに扱う権利が与えられたと思ったら大間違いだ」

「出ていきません。出ていきたくないんです！」

「残念ながら人は常に思いどおりに生きられるわけじゃない、ミス・シートン」彼は深く息を吸いこんで言い返した。「前にも言ったとおり、ぼくはまず娘のことを心配しなければならない、そして……」

「わかっていますわ」

「君が娘と年が近いので期待していたが……」

「私は二十歳です、子どもじゃありません」

「どうやら君の場合も失敗だったらしい」

「私の話を聞いてください！」ジョアンナは叫び、ジェイクはそのけんまくに驚いて口をつぐんだ。「アニヤとの間にいくらかの進歩が生まれ始めているんです。本当です！ 今日一日いっしょに過ごして、まったくなんのトラブルもありませんでしたわ」

「たぶんなんらかの理由で、あの子は君をからかっているんだ」

「あなたには人の話を聞く気がないんです、そうでしょう？」怒りに駆られて彼の前をさっと通り過ぎたジョアンナの胸が、かたくたくましい腕にぶつかった。

二人のうち、この小さなハプニングに動揺したのはどっちだったろう？ ジェイクはびくっと身を引き、ジョアンナ自身、痺《しび》れるようなうずきが体を貫くのを意識した。南フランスで休暇を過ごしたとき、ビキニ姿で海辺のバーベキューパーティーに出たり、夜っぴてダンスに興じたり、男の子たちと接するチャンスはいくらでもあったのに、ジェイクとほんの少し触れ合ったというだけでこれほど敏感に異性を意識するなんて、おかしなことだった。

ジョアンナが自分の体を抱くようにして両腕をさすって立っていると、父親を見つけたアニヤが二人の緊張した雰囲気に気づくふうもなく元気よくキッチンに駆けこんできた。

「今日あたしたちがしたこと、ミス・シートンから聞いた？」アニヤは父親の険しい表情に頓着《とんちゃく》なく続けた。「書斎のお掃除。本当よ！ すごく汚くて、本棚の後ろにきのこが生えそうだって、ミス・シートンは言ってたわ！」

ジェイクがその報告にいい顔をするわけはない。「何度も言うようだが、ミス・シートンはおまえの勉強を見に来ているんで、家の掃除をするためではないんだ」

「でも、勉強もしたわ、パパ。午前中にお掃除をして、午後は勉強したの」

「本当かい?」ジェイクはそう言うと目を細くして家庭教師を見つめた。

「あなたにお話しするつもりでしたわ」ジョアンナは自分の声が震えるのを抑えることができなかった。

「で、おまえの勉強について、ミス・シートンはなんと言った?」ジェイクは娘に向かって尋ねる。「前の先生たちと同じように、最低なレベルだと?」

「いいえ!」アニヤが何か言うよりも先に口を挟んだのはジョアンナだった。教師と生徒の間に生まれつつある微妙な理解を傷つけるような言いかたには我慢ならなかった。娘の幸福を願っているジェイクが、なぜ教師と対立させるようなことを口にするのだろう?なぜ? しかしそんなことで口論している場合ではないと悟り、ジョアンナは続けた。

「アニヤは頭のいい子ですわ。感受性豊かで、作文の力は確かにすぐれています」

「物語を書く力ってこと?」ジェイクは冷たく言った。「想像力豊かな夢物語、君はそれをほめているらしいね?」

「ええ。アニヤの書いたものはすばらしいし、十一歳という年齢にしては抜群の表現力を持っていると思います」

頑固な琥珀色のまなざしがグリーンの瞳とかち合い、ひそかな火花を散らした。この戦いにはなんとしても勝つ必要があったが、二人を交互に見上げる少女の心を乱したくはなく、ジョアンナは慎重に言葉を選んだ。

「あなたが私に満足していらっしゃらないのはわかっています。でも私たちの意見が違うからといってアニヤの勉強を中断させるより、私が教えられるわずかなことを、彼女の将来のために役立たせるほうが大切ではないでしょうか？」

ひどく混乱しているわりにはまともな意見だった。ジェイクはあきらめたように重々しくため息をついた。「わかった。娘が君を信頼している以上、君の意見を受け入れるしかなさそうだ。しかし何も決めたわけじゃない。レーブンガースに来てくれる適当な女性が見つからない場合、また改めて考え直さなければならないだろう」

「ミス・シートンは家の中の仕事もすごくじょうずよ」アニヤは無邪気に提案した。「家政婦さんの仕事もしてもらって、二人分のお給料を払えない？」

「それはだめだ」ジェイクの返事はそっけない。「とにかく、なんとかしてへんぴなレーブンガースに来てくれる人を探すつもりだし、それが決まるまでなんの約束もできない」

ジョアンナは彼の中途半端な答えで満足するしかなかった。少なくとも今すぐくびになるわけではない、とほっとする反面、本当にこれでよかったのかどうか、自信はなかった。ここに残ればトラブルに巻きこまれるのは目に見えているのに、ジョアンナは顔に傷跡のある男性のもとにとどまる運命を選びとっていた。

7

それに続く何日か、自分の選択が正しかったのかどうか考えている暇はなかった。この家の主《あるじ》がなんと言おうがほうってもおけず、結局ジョアンナが家事を片づけることになった。苦労なしに育ったジョアンナにしては驚くほどの適応力を発揮して、何度か失敗を重ねながらも家政婦兼教師としての生活に慣れていった。

ジェイクはほとんど姿を見せず、食事時間さえずらしてひとりで食べることが多かったが、アニヤに関する限りすべては順調に進んでいた。

地理や歴史が文章を書くうえでどんなに役立つか納得したあと、アニヤは自分が書くお話にちょっとでも関係がありそうなことには熱心に興味を示すようになった。そしてひとたび興味を持てば、あらゆる分野で人並み以上の能力を証明してみせるのだった。レーブンガース周辺の環境も生きた教材としては理想的だった。ここは古代ローマ時代の遺跡と十九世紀工業の入りまじった歴史色豊かな土地であるばかりか、湖沼と山、泉と岩石層は、北イングランドの地理を勉強する格好の教材といえた。しかし教材が科学や地質学にまで及ぶことが重要なのではない。アニヤが知識欲に燃え始めたことが何よりも大事なことだった。

トレバー家の農場に行った日から一週間ほどたったある朝、ポールがなんの前触れもなしに姿を見せた。見慣れぬランドローバーにほえたてる犬の鳴き声に、ジェイクの留守を利用してリビングルームの大掃除をしていたジョアンナは外に出てみた。

「やあ」角張ったハンサムな顔に笑みをたたえて近づいてくると、ポールは指先で、勇ましい格好をしたジョアンナの鼻先からすすを払った。「忙しそうだね。煙突掃除も教えているの?」

ジョアンナはため息をついた。「実は大掃除をしていたの。突然でびっくりしたわ。前もって教えてくだされればよかったのに」

ポールは小さく肩をすくめた。「パブで、けさジェイク・シェルドンがペンリスに出かける予定だと、マット・コールストンがジョージに話しているのを聞いたんだ。シェルドンがぼくを歓迎するわけはないから、ちょうどいいチャンスだと思って」

「そうなの」ジョアンナはちらっとあたりを見回した。「あの……よかったら何かお飲みになる? ちょうどコーヒーを飲もうと思っていたのよ」

「ありがとう」ポールは受け入れたものの、ジョアンナがやかんに水を入れている間、落ち着かない様子で立っていた。「ミセス・ハリスは? 掃除なら彼女にやらせればいいのに」

「ミセス・ハリスはもういないわ」ジョアンナは当然予想できた質問にしぶしぶ答えながら、カップの用意をした。「ミスター・シェルドンが新しい人を探しているのだけれど、見つかるまで……」

「まさか、君が家政婦の代わりを引き受けているんじゃないだろうね？」ポールはあきれ顔で遮る。「いったいあの男はどういう神経の持ち主なんだ！　君にそんな仕事までさせて平気だとは！」

「お願い、ポール……」ジョアンナは心配そうにドアのほうを見た。アニヤが書斎でアルトワ式井戸について書かれた雑誌の記事を読んでいるのだ。あの子に、自分が仕事に不満を持っているなどと誤解されることはなんとしても避けたかった。「私が言い出したことだし、別にどうということもないのよ」

「でも、こんなに広い家の掃除を君ひとりでするなんて無理な話だ」

「全部の部屋を使っているわけじゃないから、それほど大変でもないわ」

「でも君は……」ポールはテーブルから椅子を引き出して腰を下ろした。「つまり、君はどう見ても上流社会のお嬢さま育ちって感じで、今までにこんな仕事をしてきたとは……」

ジョアンナはほほ笑んだ。「そんなにはっきりわかる？　能なしの箱入り娘ってわけ？」

「そういうつもりで言ったんじゃないさ！」

「からかっただけよ」ジョアンナはインスタントコーヒーにお湯を注ぎ、彼に手渡した。

「クリームとお砂糖はそこにあるわ」

ポールはひと口飲んだあとカップを置き、ポケットから紙幣とコインを出した。「この間の買いもののおつり。早く返したかったんだが」

「ありがとう、ポール。とても助かったわ」

「お礼なんかいいんだ」彼は心からそう言い、じっとジョアンナの顔を見つめた。「でも、ひとつきいていいかな？　いつか君を夕食に誘ってもいい？　車でペンリスかケ
ムウィックのレストランに行って……」

「当分無理だと思うわ」ポールは感じのいい青年で嫌いではないが、いっしょに出かけたいとは思わない。かといってむげに断るわけにもいかず、ジョアンナは謝るようなしぐさで言い添えた。「アニヤをほうってはおけないし、ミスター・シェルドンが新しい家政婦を見つけるまでは」

「彼はどうして村で探そうとしないんだろう？」ポールは多少いらだちを見せて言った。

「ぼくはたまたま働きたがっている未亡人を何人か知っているけど、ミセス・ハリスがいないとなれば彼女たちだって喜んでここに来ると思うよ」

「村の人たちはミセス・ハリスを嫌っていたの？」

「嫌ってたなんてものじゃない」ポールは顔をしかめた。「村の人たちは彼女がミセス・フォーセットにしたことを決して忘れていない。そして彼女がレーブンガースにいる限りは……」彼は肩をそびやかした。「とにかく、ぼくがきいてみてあげよう」

「そうしてくださる？」

ポールはちょっと考えてから続けた。「もしうまくいったら食事に行くと約束してくれる？」

「ミスター・シェルドンにきいてみないと」ジョアンナはなんとかして断りたかった。

「なぜ？　ぼくが聞いた話では、彼は自分以外の人に対してはまったく思いやりを示さないっていうじゃないか？」

「そんなことないわ」

「ぼくの意見じゃない。ここに引きこもって近所づき合いはしないし、招待を受けもしなければ人を招くこともしない。事故で傷ついたからといって社会から逃避できるわけじゃないんだ。ぼくたちは十分礼儀正しくしているのに、そうだろう？」

そういうことか。ジョアンナは最初に紹介されたときのミセス・トレバーの態度を思い出した。そういうわけで村の人たちはジェイクを異常だと考えているのか？　でも、もしミセス・ハリスが原因でだれひとりここで働きたがらないのだとしたら、顔の傷のせいだとするジェイクの思いこみは見当はずれということになる。

「コーヒー飲んでいい、ジョアンナ?」アニヤがぶらっとキッチンに入ってきてポールをちらっと見やった。二人だけのときは名前を呼んでもいいというとり決めがしてあったが、彼女が人前でそう呼んだのは初めてのことだ。ポールは教師に対する少女のなれなれしさにかすかに眉をひそめた。

「コーヒーは好きじゃなかったでしょう?」

「じゃ、ミルクでいいわ」アニヤは小さい肩をすくめ、ジョアンナはそれがここに偵察に来るための口実にすぎないことを感じとった。

「雑誌の記事、読み終わった?」ミルクをグラスにつぎながら尋ねると、アニヤはうなずいた。

「ほかの記事も読んだわ。くじらについての記事。くじらって絶……絶滅にひんした動物なんですって、知ってた?」

「ええ、そういったことに興味を持つのはすばらしいことよ。そろそろ生物学の勉強も始めるべきかもしれないわね」

「生物学?　なあに、それ?」

「動物や植物の勉強さ」子どもが割りこんできたことに不服そうに、ポールがそっけなく口を挟んだ。「ぼくは失礼したほうがよさそうだ、ジョアンナ。結果はなるべく早く知らせるよ」

「知らせるって、何を？」アニヤの口出しに、ポールはいらだたしげに少女を見下ろしただけだった。

「あすの夜、パブまで来られない？　そこで話せばいい」ポールは子どもを無視して続けた。

「結果がわかりしだい知らせていただいたほうがありがたいわ」ジョアンナはポールのしつこさを少々持てあましてきっぱりと言った。「きっとミスター・シェルドンも喜ぶでしょう」

「あの人、あなたに惚《ほ》れてるんじゃない？」ポールが帰ったあと、アニヤは意味ありげに言った。この子どもらしかぬ言葉遣いがミセス・ハリスの置きみやげだということは確かだった。

「私たちのために家政婦さんを探してくださるのよ。さあ、リビングの棚から食器を運ぶのを手伝ってちょうだい。洗ってしまいたいの」

「パパはいやがるわ」歩きながらアニヤは分別くさく言った。

「どうして？」

「この辺の人たちとはつき合わないんですもの。それに、あなたがトレバーさんのところに行った日、パパがどんなに腹を立てたか知ってるでしょう？　家政婦さんのこと、あの人に頼んだと知ったら怒るに決まってるわ」

「私から頼んだわけじゃないのよ」ジョアンナはかっとしたが、それは自分自身の不安をはっきり指摘されたからだということに気づかないわけにはいかなかった。「向こうが言い出したことだし、問題が解決すればあなたのお父さまだってお喜びになると思うわ」

「今にわかるから」アニヤはにやにや笑い、ここ何日かで初めて、ジョアンナは少女に手を上げたい気分に襲われた。

リビングをきれいにしたついでにカーテンも洗おうと決めた矢先に、ジョアンナは洗剤がきれていることに気づいた。この二、三日で洗った洗濯ものの量は大変なもので、洗剤がすっかり底をついていたのだ。いつかジェイクが町まで買いものに連れていってくれる可能性はあるが、近い将来そんなチャンスはありそうもない。もちろんほかにも方法はある。いずれアニヤの衣類を買うことについて話し合うつもりでいたから、その場合はレンジローバーを借りて、アニヤを乗せて町まで運転していくこともできるだろう。

でも当座は村で用を足すしかなく、アニヤが科学雑誌に夢中になっているのを見届けて、ジョアンナはひとりでレーブンズミアまで歩いていった。

今回はマットに教えられたとおりの道で村に下り、小ぎれいなマーケットで買いものを済まして道を横切ろうとしたとき、ダークグリーンの車がすぐわきでブレーキをかけて止まった。

「乗りなさい」驚いたことに中からドアを押しあけたのは険しい顔つきをしたジェイクだ

った。重い買いもの袋から解放されることに少なからずほっとしながら、ジョアンナは言われるままに車に乗りこんだ。

「村で買いものはするなと言ったはずだ」乱暴に車をスタートさせ、ジェイクは不機嫌に言った。「ぼくが禁止することを片っ端からやってみて楽しんでいるらしいが、娘ほどの年齢の女性にばかにされるつもりはないんだ！」

「ばかになんかしていませんわ。洗剤がなかったから買いに来ただけです。いけません？私は囚人ではないはずです。少しくらいの自由は必要ですわ。あなたが村の人たちをよく思っていないからといって……」

「そのことについては話したくない」ジェイクはぶっきらぼうに遮った。「君がぼくに雇われている限り、買いものはペンリスかケスウィックでしてもらう。そしてついでに言っておくが、洗濯は家庭教師の仕事ではないはずだ」

「では、だれが洗うんですの？」

「ペンリスにコインランドリーが……」

「丁寧に洗わなければならないものはコインランドリーでは無理です」

「リビングのカーテンを丁寧に洗う必要があるというわけか？」

「一度家に帰られたんですね？」それは質問というよりつぶやきに近かった。「そしてアニヤが私の行き先を教えた、そうなんですね？」

「ちょうどヘロンズフットの獣医に用があったから、少し回り道をしたまでだ」

そう言われて初めて、車がレーブンガースに向かっていないことにジョアンナは気がついた。

「でも、アニヤは？」

「心配ない。マットを手伝ってたき火をするように言ってきたから」ジョアンナは短い小休止になりそうなドライブを楽しもうと体をくつろがせたが、ジェイクの次の言葉でそんな気分も吹き飛んだ。「それに、このチャンスに君に話しておきたいことがある」

「わかっています。家の掃除をするなとおっしゃりたいのでしょう？」

「それもあるが、君に関係のない問題に口出しするのをやめてもらいたい」

「なんですって？」

「わかっているはずだ、ミス・シートン。トレバーの息子が来たことはアニヤから聞いた。うちの家政婦を見つけてもらう代わりに君のした約束についてもね」

ジョアンナは息をのんだ。少女が告げ口する絶好のチャンスを逃しはしないだろうと予測すべきだった。どうやらアニヤはキッチンに入ってくるずっと前からドアの外で聞き耳を立てていたらしい。

「ポールが村の女性に当たってみると言ってくれて、見つかったらあなたも喜ぶと思ったんです。少なくとも村からだれかが来れば、住みこみの必要はなくなりますわ」

「それがいい考え?」ジェイクは意地悪くきいた。「ミセス・ハリスがくびになったという話が知れ渡った今、村でどんな噂《うわさ》が立つか君にはわからないのか?」

「それがどうだというの!」ジョアンナは赤くなり、彼の視線を避けて窓の外を見た。「あなたが何度もおっしゃったように、私はあなたの娘ほどの年ですわ」

「でも娘ではない」高速道路に入るランプでやむをえず車を止め、ジェイクは辛らつに言った。「そして日を追うごとに、君がここにふさわしい人間じゃないということがはっきりしてきた」

ジョアンナは平手打ちされたような気分でシートに沈みこんだ。今はアニヤのためにしかたなく我慢しているが、もっと年配の家庭教師が見つかればすぐに解雇する、ということらしい。ヘロンズフットに着くまでジョアンナは黙りこんだままで、ジェイクが獣医と話している間も車の中に残っていた。これほど冷淡に扱われながらここでがんばっていることになんの意味があるだろう? ジョアンナは憂うつな思いで自問していた。

間もなく、黒い革のジャケットとコーデュロイパンツに男っぽい長身を包んだジェイクが敏捷《びんしょう》な足どりでレンジローバーに戻ってきた。粗織りのグレイのシャツのボタンがいくつかはずれてたくましい首すじがのぞき、微風に髪を乱した姿はなぜかジョアンナの胸を騒がせた。

ドアをあけて運転席に乗りこんだジェイクの目がジョアンナのグリーンのまなざしをと

らえる。一瞬、二人は不安も攻撃もなしにお互いに見つめ合った。ジョアンナはよろいを脱ぎ捨てた貴重な触れ合いを破りたくはなかった。しかし、ジェイクはひと言も交わさぬうちに体を前に傾け、わざとらしい慎重さでエンジンをかけた。

ヘロンズフットは高速道路から少し入ったところのかなりにぎやかな村で、店やカフェが並んでいる。ジョアンナは自分のしていることをほとんど意識せずに、ジェイクという時間を引き延ばそうとしていた。

「ここに薬局はあるかしら?」ジョアンナは車が歩道の縁石から離れたときそう尋ね、ジェイクがふっと息を吸いこむのを耳にした。

「あることはあるが、何か買いたいものでも?」

「ええ」ジョアンナはすばやく頭を回転させる。「あの……エナメルリムーバーがいるんです」

「今すぐ必要なの?」

「レーブンズミアで買ってはいけないのでしょう?」ジョアンナはちくっと皮肉を言った。

ジェイクはあきらめたように歩道沿いに車を止め、通りの反対側にある鉛板ぶき屋根の小さな店を指さした。「急いで」彼はいらいらと言い、ジョアンナはわざとバッグを持たずに車から降りた。

店員は若い男性で、車にお金を忘れてきたと言うと寛大にほほ笑んだ。

「バッグを忘れたの」車のウィンドウを下ろしたジェイクに、ジョアンナは内気そうに説明した。「すみませんけれどいっしょに来て払ってくださいます？　買いものの袋をひっくり返さなくてすみますから」そう言いながらバックシートの買いものの袋を指さした。

ジェイクはちゅうちょし、今にも断りそうな雰囲気だったが、腹立たしげにドアをあけ、彼女のあとから薬局に入った。そこから二軒先にカフェがあることを確かめてあったので、店から出るとジョアンナはさりげなく誘いをかけた。

「帰る前にお茶を飲みません？」

「飲みたければどうぞ」ジェイクは歩調をゆるめようともせずに言った。「車で待っている」

「でも、お金を持っていませんわ」ジョアンナはがっかりして唇をかんだ。

「じゃ、我慢するしかないだろうね」ジョアンナの魂胆を見抜いたようにジェイクは言い返した。

「少しお話ししたかったんです」車が走り出してからジョアンナはすねたようにつぶやいたが、ジェイクは村を出るまで何も言わなかった。

「ぼくをからかうのはやめてほしい、ミス・シートン」

「そんなつもりじゃ……」

「なかった？　しかし君の目的は薬局ではなく、カフェだったたね？　言っておくがぼくはああいうところでお茶を飲むのは好きじゃない」

「顔の傷跡を気にしていらっしゃるのなら……」そう言いかけたジョアンナは、急ブレーキに驚いて口をつぐんだ。

「精神分析などご免だ！」シートの上でくるっと体をよじり、彼は荒々しく叫んだ。「君は教師という仕事だけでは満足できないらしい。アニヤとの関係が多少よくなっていることは認めよう。そのためになんとか我慢してはきたが、我々二人の間を親密にしたがる君のばかげたトリックを認めるつもりはない」

その洞察力に舌を巻くと同時に憤慨して、ジョアンナは彼を見つめた。「なんのことかわかりませんわ。バッグを忘れてお金を立て替えていただいたからといって……」

「忘れやしなかった」ジェイクは後ろに手を伸ばし、買いもの袋の一番上から問題のバッグをとり上げた。「ぼくを車から引っ張り出すための口実だったんだ。今回はうまくいったとしても、これっきりだ。わかったね？」

ジョアンナはつんと顎を上げる。「ずいぶん想像力豊かですこと！」

ジェイクの唇がきっと引きしまった。二人の熱気が車のウィンドウに凝縮したように、またたく間にガラスが白く曇っていく。密室ともいえる空間に閉じこめられたジョアンナの目にはただ、隣にいる男性の傷ついた、荒涼とした顔立ちが映るだけだった。

「君はぼくに手を上げさせたいのか？」ジェイクはうなじに手を走らせてぴしゃっと言っ

た。「君の誘いに有頂天になる青二才を相手にしていると思ったら大間違いだ！　我々はなんとか協調しなければならないが、それだけのことだ」

「あなたにそんなことを言う権利はないはずです！　私たちのために話し合いのチャンスを作ろうとしたからというだけで……」

「トレバーにも、ぼくたちのために家政婦を見つけるように頼んだ、というわけ？」ジェイクは冷たく遮った。

「ポールはあなたのために……」

「君のためさ。ぼくの目は節穴じゃない。なぜポールが急に協力的になったか、ぼくにはわかる。少なくともアニヤとぼくのせいではない」

「嫉妬《しっと》していらっしゃるのね、ミスター・シェルドン？」ジョアンナがかっとして口走った瞬間、ジェイクの手がきゃしゃな肩をつかみ、ダークグリーンのシートに押しつけた。琥珀《こはく》色の視線が凍りついた緑の瞳を貫き、ジョアンナは彼の激しさに息をのむ。

「君はこの一瞬を待ち受けていた」突然彼は言い、今度はジョアンナが挑発される番だった。「古くさい映画によくあるシーンだ。ヒロインの度を越した愚弄《ぐろう》に耐えかねてヒーローがお決まりの仕返しをする。ただぼくがヒーローでないだけだ、ミス・シートン。そして残念ながら君もヒロインを演じる柄じゃなさそうだ。君は震えているね？　なぜ？　もう少しロマンチックな場面を期待していた？」

これほどひどいことを言われても、ジョアンナには何ひとつ言い返せなかった。「放して！　何度繰り返せばわかるの？　私はただ話したかっただけよ！」

いくらか細まった琥珀色の瞳は緑のきらめきをとらえ、探り、それから考えこんだようにかげり、最後に美しい頬から震える唇に滑り下りていった。

「マーシャはぼくのことをどう話したんだ？」肩をつかんだままジェイクはつぶやく。

「ぼくがどんな男だと言っていた？　妻のエリザベスのことや事故のことも聞いているはずだ。そして、なぜこんな片田舎で暮らしているかも」

「いいえ。つまり……あなたの妹さんに直接お目にかかったことはないんです。すべてを決めたのは名づけ親のリディアおばでしたから」

「それにしても妻の話は聞いただろうし、ぼくがロンドンを離れたわけも知っているはずだ」

「ミスター・シェルドン、それは私とは……」

「君とは関係ない。そう、確かに。でも君はここにいる。そしてぼくは自分のことをだれかに話す必要性を感じているらしい」

ジョアンナはこんな結果を招いたことを後悔していた。「ミスター・シェルドン……」

「ぼくはエレクトロニクスのエンジニアだった」まるで自分を納得させようとするかのように、ジェイクは話し出した。「将来性のある仕事だ。しかしぼくは落ちこぼれた」

彼に肩をつかまれたまま、ジョアンナはぎこちなく体を動かした。無謀な行動によって彼の暗い内省を引きずり出してしまったようだと感じたが、今さらその進行を止めることは不可能だ。

「なぜですの？」なんとか相手を元気づけたいと願いながら尋ねたが、ジェイクは陰うつに唇をゆがめるだけだった。

「事故のあと、ぼくはどんなことにも集中できなくなってしまった。単純な計算すら手に負えないんだ。レジスター、トランジスター、マイクロプロセッサー……ぼくの頭はそういった情報を吸収できなくなっている」彼は頭を揺すった。「この傷は天からの授かりものだといえるかもしれない。少なくともロンドンから片田舎に引っこむ口実にはなったからね」

「それでレーブンガースを買ったのですか？」

「そうだ」ジャケット越しに彼の親指が肩に食いこんだ。「好きな絵を描《か》きながらちょっとした農場の仕事をする生活が自分に合っているかもしれないと考えたのだが、まったく予想どおりにはいかなかった」

「そろそろ帰ったほうがいいんじゃありません？」

「さっき、君はその反対を望んでいた」ジェイクは厳しく指摘する。「怖い？　もちろん、今になって突然この傷跡に怖《お》じ気づくはずはないが」

「そのこととは関係ありませんわ。少しも不快な傷じゃありませんもの」

「もっと近づいたら？　こんなふうに」ジェイクは間近に顔を近づけてきた。「それでも怖くない？」

「ええ！」

しかしジョアンナはびくっと身を引いた。恐怖からではなく、彼に触れたいという思わぬ衝動を抑えるために。

「強がりを言っているね」彼は相手のたじろぎを曲解したらしく、さげすむように顔をゆがめた。「これほどの接近には耐えられない、そうだね？　それならこうしたら……？」

さらに顔を近づけ、ジェイクは唇をふさいだ。

抗議しようとして開きかけていた唇は、この予期せぬ侵略に抵抗しようとはしなかった。かたく引きしまった唇の感覚に体中の力が抜け、攻撃に屈服する以外になかったのだ。ジョアンナをシートに押しつけるたくましい体の重みは、頭をくらくらさせる酩酊《めいてい》感を呼び起こした。ジョアンナのジャケットのボタンははずしてあった。彼女は薄いシャツの上に重なった力強い胸に寄り添うように、緊張して張りつめた胸をそらした。

何よりも強烈な力を発揮したのは、彼のキスだった。相手をこらしめるために始まったキスは情熱的な愛撫《あいぶ》へと深まっていき、さっきまで肩を痛めつけていたジェイクの手は、今は官能をかきたてるようにジョアンナの上をさまよっていた。

逆らおうとする形ばかりの抵抗はなんの役にも立たず、うねるような熱い愛撫を受け入れながら、ジョアンナは、何か不思議なうずきが体に忍びこんでくるのを感じていた。

燃えるような唇を首すじに感じ、ジョアンナはまるで溺《おぼ》れる人が命綱を手探りするかのように、彼を求めた。彼女はほとんど無意識のうちに、筋肉の張りつめた強靭《きょうじん》な太腿に手を走らせていた。

あまりにも突然、ジェイクは身を引いた。たった今唇を重ね、ぞくぞくするような愛撫で、ジョアンナの内に潜んだ情熱を目ざめさせたと思ったら、次の瞬間、彼は戸惑う彼女を荒々しく押しやった。そして何やらののしりながらハンドルに手を置き、自己嫌悪に顔を引きつらせて、黒い髪の中に両手を差し入れた。

「いったいどうしたというんだ！」張りつめた空気を震わせて、ジェイクは苦しそうにうめいた。「こんなふうに君の挑発に応じるなんて……頭がどうかしていたんだ」

なんと言ったらいいのか、どうすべきなのか、ジョアンナにはわからなかった。この男性にかきたてられた情熱の嵐《あらし》に、自分の反応の激しさに、呆然《ぼうぜん》としていたのだ。

「ぼくを誘ったんだね？」

「いいえ」

「しかし確かに君はぼくをそそのかした。君はそういうタイプの人間なんだ。会った最初の日から気づいていた」

「それならなぜ私を追い出さなかったの？」二人が分け合った炎のあとの冷たさに傷ついて、ジョアンナは言った。「なぜ適任ではないと追い返さなかったの？」

「こじきにえり好みは禁物ってね」ジェイクは陰気に皮肉った。「古くさいことわざだが真実だ。さあ、そろそろ帰るほうがいい。適当な人が見つかるまでは君をアニヤの教師として雇っておくが、それだけのことだ。ところで、ついに家政婦を見つけたと言ったら君は喜ぶだろうね？」彼は再びいつもの調子をとり戻していた。

「まあ、ポールが？」ジョアンナはほんの少し表情を明るくしたが、ジェイクはきっぱりと否定した。

「ペンリスの職業紹介所でぼく自身が探したんだ。前にも言ったように、ぼくはだれの助けも必要としない。ミセス・パリッシュはあすから来てくれるだろう。そうなれば、我々の関係について君の友人のトレバーが言いふらしたかもしれない噂話を静めることになるし、君も不慣れな家事から解放されるんだ」

8

ミセス・パリッシュは予定どおり翌日の午後に到着した。ジェイクが小型乗用車でやって来た新しい家政婦を出迎えるのを、ジョアンナは書斎の窓から見守っていた。茶色の髪、黒い目をした小柄な婦人で、アニヤが父親から聞き出した情報によると、子どもたちを育てあげ、今はひとり暮らしの未亡人だということだ。外見だけでもミセス・ハリスのだらしない格好とは大変な違いだったが、日がたつにつれ、家事をこなす能力も相当なものだということがわかってきて、ジョアンナはミセス・パリッシュへの尊敬の念を深めた。

彼女はまた、ミセス・ハリスのようなゴシップ好きでもなかった。この家の状態をいぶかしく思ったとしても口には出さず、ただ、突然妻や仕事を失った人間への深い同情を示しただけだった。ジョアンナにはしかし、その同情が当を得ているのかどうか、確信はなかった。確かにジェイクは重荷を背負っている。でも彼の態度からは妻を失った男の悲しみは感じられないのだ。仕事のことにしても、彼自身が無能だと信じているだけで、事故によるショックから立ち直り、機会さえ与えられれば、再び以前の能力をとり戻すことができるかもしれない。

だが、そんなことを口にできるはずもなかった。車の中であんなことが起こって以来、ジェイクは疫病のようにジョアンナを避け、決して二人きりになろうとはしなかった。あれから新しい家庭教師が来る様子もなく、解雇の話はうやむやになっていたが、レーブンガースから出ていくなど思いもよらないことだったので、ジョアンナはあえてその件を蒸し返そうとはせず、中途半端な状態に甘んじていた。

十月の訪れとともに気温がぐんと下がり、アニヤのために新しい服を買わなければならないと思ったジョアンナは、ある朝、アニヤをペンリスに連れていきたいのでレンジローバーを貸してもらいたいとジェイクに頼みに行った。

彼は、牛舎で乳牛の囲いにまぐさを入れているところだった。

「何か用?」ひとりで近づいてくるジョアンナに警戒したように目を上げ、ジェイクはおそろしくそっけない調子できいた。

「私、あの……アニヤをペンリスに連れていってもいいかどうかお尋ねしようと思って」

彼のよそよそしさに胸が痛んだが、ジョアンナは礼儀正しくきいた。「冬ものの靴や衣類がどうしても必要なんです」

「今日は君をペンリスに連れていく暇はない、ミス・シートン。娘の心配をしてくれるのはありがたいが、仕事があるので」

「連れていってほしいとお願いしているわけじゃありませんわ」ジョアンナは静かに言った。「車を貸していただければ、私が運転してアニヤを連れていきます」

「レンジローバーを?」

「もしよろしければ」

「今まであいった車を運転したことは?」

「ありません。でも普通の車と特に変わったところはないと思いますけど」

「同じとはいえない」ジェイクは気が進まない様子だ。「ランドローバーと同じで、レンジローバーも四輪駆動だから」

「貸してはいただけませんの?」

ジェイクはため息をついた。「ミス・シートン」

「バスで行ってもいいんです。私がここに来たときもバスを使いましたから」

「なんとしても我を通そうというつもりらしいね。今日のところは君の気まぐれにつき合う時間はないが、一週間以内にはペンリスに行く用がある。それまで待てないことはないだろう」

「私の気まぐれですって?　そんなふうにお考えなんですね?　ご自分の娘が古着屋でも売れないような服を着ていても平気ですの?」

「それは言いすぎだ、ミス・シートン!」

言いすぎだということは本人も承知していた。しかしジョアンナはなんとかしてジェイクの冷酷な無関心のベールを引き裂きたかった。

「ご自分以外のだれがどうなろうとどうでもいいんですわ。あなたはここに来て、自分の頭の中で作り上げた冷たい社会とやらから逃れ、自己憐憫《れんびん》にどっぷりとつかって……」

「もう十分だろう、ミス・シートン。よかったらひとりになって仕事を続けたいんだが」

「車は貸せないとおっしゃるんですね？　アニヤの服は買えないって意味ですの？」

「好きにしたらいい」ジェイクは厳しい声で言った。「しかしバスで行くのはどうかな？一日に何本も走っていないし、帰りのバスに乗り遅れたら立ち往生だ」

「つまり、行くなってことですわ！　なぜ？　何を心配していらっしゃるんです？　あなたが人に会いたくないからといって、私たちまで同じようにしなければいけませんの？」

それは許される言葉ではなかった。言ったとたん後悔したが、すでに口から出た言葉を引っこめることは不可能だ。突然ゆがんだ彼の表情に胸を打つもろさがよぎったが、それはほんの一瞬のことで、ジェイクはジョアンナの挑戦を受けて立った。

「ぼくについて何を知っている？　一度君の誘いに乗ってキスをしたからといって、ぼくのすべてを知ったつもりかい？　自分がもはや役立たずだと知る苦しみがどんなものか、君にわかるはずはない。ぼくが自分以外のだれにも関心がないと君は言ったね？　ある意味ではそれは本当かもしれない。でもそれは、ほかの人々にとってもそのほうがいいからなんだ」

「ほかの人々がどう思うか、どうしてわかるの？　もう仕事ができないとどうしてわかるの？　なんでもしてみるまではわからないわ」

「相変わらず楽天的だね」

「それで気が済むならなんとでもおっしゃってください。なんであれ無関心よりはましです。奥さまを亡くされたからといって……」

「なんだって？」ジェイクはさっと近づいてジョアンナの腕をつかんだ。「それはどういう意味だ？　ばかばかしい！」彼はいらだたしげに頭を揺する。「ぼくがエリザベスを忘れられないでいると思っているのか？　妻を失った悲しみのあまり絶望していると？」

「それは自然な感情ですわ」

「エリザベスが離婚訴訟を起こしていたことを、妹のマーシャから聞かなかった？　アニヤが生まれたあと夫婦の愛情が完全に冷えきっていたことは？」

ジョアンナはジェイクを見上げた。「でも、大学に行っている十九歳の息子さんがいるはずですわ」

「義理の息子だ。エリザベスの最初の結婚で生まれた子で、ぼくたちがいっしょになったとき、あの子は七つだった。今、彼は実の父親の家族と暮らしている」

「そうでしたの」ジェイクの指が食いこんでいる腕の痛みを意識して、ジョアンナはつぶやいた。「ごめんなさい、私は当然……」

「君は深く考えようとはしないんだ」長いまつげの間から燃えるような琥珀《こはく》色の瞳がジョアンナを貫いた。「君ははちの巣をつついて楽しんでいるらしい。なぜだ？　スリルがあるから？　ぼくに残されたわずかばかりのプライドを踏みつけるのがおもしろいのか？」

「どういう意味だかわかりませんわ」ジョアンナは自信なげに言った。「これ以上話し合っても無意味だと思います、ミスター・シェルドン。失礼してあなたの返事をアニヤに伝えてきます」

「ついでにぼくをこきおろす」ジェイクは荒々しく言い、ジョアンナのクリーム色のセーターをつかんだ自分の指を見下ろした。「本当のところ、君はぼくに何を求めているんだ？　怒り？　激情？」

ほとんど気づかないくらい、牛舎の雰囲気が変化してきたことをジョアンナは意識した。わずかな触れ合いが化学変化を促したかのようだ。ジェイクもその微妙な変化に気づいたらしく、ふと目を細めた。彼の親指がジョアンナの感じやすい腕の内側を滑った。

「ミス・シートン、お客さんよ！」アニヤの澄んだ声が後ろで響いた。「ミスター・トレバー」

ジェイクはさっと手を引っこめ、ジョアンナはとり残されたような気分で腕をさすった。

牛舎の中は薄暗く、外の光に慣れていたアニヤの目は一瞬視力を失ったに違いない。さもなかったらなぜ父と家庭教師がこれほど間近に立っているのか、ジョアンナが赤くなるようなどんな話を交わしていたのか、いぶかったかもしれない。

「彼をここによんだのか？」入口のほうへ大またに歩きながらジェイクはきいた。

「いいえ。でも、来ちゃいけないという理由もありませんわ」ジョアンナは当惑を隠して答える。「ちょうどよかったわ。謝りたいと思っていたから」

ジェイクは眉をひそめて立ち止まった。「謝る？　なんのために？」

「時間をむだにさせてしまったことを。家政婦が見つかったこと、まだ知らせていなかったんです」

「謝ることはない。ミセス・パリッシュが来た翌日、彼の父親に言っておいたから」

「私には何も言わずに？」

「君には関係のないことだ」

アニヤの前で口論したくはなかったが、黙っていることはできなかった。「ポールがここに来ないようにしたかったのね！　ミセス・パリッシュが来たことを知らせれば、ポールがここに来る理由はなくなるから？　残念ながら彼はそうは思わなかったらしいけれど」そう言ってジョアンナは二人の間を通り、牛舎を出て、ポールのランドローバーのほうに近づいていった。

「やあ、いたんだね」ランドローバーのボンネットに寄りかかっていたポールはほっとしたように言った。「あの子にからかわれているのかと思い始めてたところさ。君が牛舎にいると言ってたけど、信じられなかったんだ。家の中の仕事から解放されたんで、今度は牛の世話でも押しつけられたの?」

「いいえ」ジョアンナは後ろからジェイクとアニヤが歩いてくるのを意識していたので、自然にほほ笑むのは楽ではなかった。「私たち――アニヤと私――ペンリスに買いものに行くので車を借りたかったのだけれど、だめだったわ」

「それは偶然だ!」ポールは顔を輝かす。「ちょうどぼくもペンリスに行くところなんだ。君たちもいっしょに乗っていけば?」

「その必要はない、ポール」形ばかりのあいさつのあと、ジェイクが口を挟んだ。「もちろん、ミス・シートンが行きたいなら反対はしないが、アニヤは家に残る」

「あたしだって行きたいわ、パパ!」アニヤはだだをこねた。「ミス・シートンは連れてってくれると言ったのよ。どうして行っちゃいけないの?」

「そうですわ、どうしてですの?」ジョアンナは子どもの肩を持った。「あなたにめんどうをかけない限り、好きにしろとおっしゃったはずです」

「ポールは十一歳の女の子を道連れにはしたくないだろう」目は怒りに燃えていたが、声は凍るようだ。「今も言ったとおり、君がどうしようとそれは自由だが」

「ぼくはかまいませんよ、ミスター・シェルドン」ポールは如才なく口を挟んだ。

「お願い、パパ」アニヤは父親のそでを引っ張って哀願し、ジェイクの表情は少しばかり和らいだ。

「しかたないね。ミス・シートンがどうしても今日行く必要があるというのなら、いいだろう」

「ありがとう、パパ！」

アニヤは大喜びで父親の腕にすがりついたが、ジョアンナはこれがむなしい勝利にすぎないことに気づいていた。

気まずいスタートではあったが、ジョアンナとアニヤは久しぶりの外出を楽しんだ。ペンリスに着くと、二人は二時間後に落ち合う約束をしてポールと別れた。子ども服専門店はすぐに見つかり、伝統的な服から最新流行のものまでそろった豊富さにジョアンナは満足した。スカートやパンツスーツ、スモックやエプロン、シャツやベストの並んだ店内を見るのは楽しく、服にはあまり関心のないアニヤでさえじきに興味をかきたてられたようで、試着をしては、ボーイッシュな体つきに流行の服が似合うことを発見して上機嫌だった。

「ママはいつも、あたしがやせすぎだって言ってたわ」赤いブラウスに細いタイを結び、フリンジのついたスエードのスーツを着て鏡に向かって、アニヤは言った。「女の子はもっとぽっちゃりしてなきゃだめだって」

「最近はほっそりしているほうがファッショナブルなのよ。でも、健康であればスタイルなんてどうでもいいことね。それぞれの個性に合った服を選びさえすればだれでもすてきに見えるものだわ」

アニヤはうなずいた。「あたし、このスーツが気に入ったわ。パパも気に入ると思う?」

「ええ、きっと気に入るわ」大して自信はなかったが、ジョアンナは陽気に保証した。

「それとグリーンのパンツスーツを買いましょう。さっき着てみた二着のドレスもね」

アニヤは目を丸くした。「ほんと? パパ、なんて言うかしら」

「何か言われたら私のお給料から代金を引いてもらえばいいわ。さ、今度は下着とブーツよ」

「どうしてあたしのためにこんなことするの?」アニヤは不思議そうにきいた。

ジョアンナは財布を探すふりをしてうつむき、その言葉がどういう含みを持っているか意識せずにこう答えていた。「そうね、将来への投資かしら?」

「あたしの将来に?」少女は眉を寄せて見上げ、ジョアンナはろうばいを隠して顔を上げた。

「さあ、急いで着替えて。まだたくさん買いものが残っているのよ」

ホテルのレストランでポールと合流するころ、二人は買いものの包みや袋で押しつぶされそうになっていた。最初の店で買った服に加えて下着やねまき、シャツ、セーター、ソックス、靴、アニヤが夢中になった踵《かかと》のあるロングブーツ……。買いものについて楽しげにポールに報告するアニヤに、ジョアンナも満足だった。最初のころの不機嫌にすねた彼女より、こんなふうにおしゃべりをするアニヤのほうがどんなに自然かしれなかった。この子に必要だったのは、話に耳を傾け、理解してくれるだれかの存在だったのだろうか？　それとも、ミセス・ハリスがいなくなったあとの正常な家の雰囲気に、閉ざされた心がほぐれてきたのだろうか？

料理が運ばれ、アニヤが車えびのフライを食べ始めると、ポールはほっとしたようにジョアンナに話しかけた。

「新しい家政婦はどう？」

「とてもよくしてくれるわ。子どもたちを育てあげた未亡人で、いいかたよ」

「すごくおいしいパイを焼くの」アニヤが横から口を挟む。「あなたのところの家政婦さん、パイを焼く？　もし焼かないならミセス・パリッシュに頼むといいわ」

「うちに家政婦さんはいないんだ」ポールはほほ笑んだ。「ぼくは両親といっしょに住んでいて、家のことはすべて母さんがやっているから。でも、いつかミス・シートンとそのパイを持って遊びに来てくれないかな」彼はちらっとジョアンナに目を向けた。「きっとうちの母さんも、ミセス・パリッシュのパイは最高だと認めると思うよ」

「あなたの農場、レーブンガースより広い？　馬はいる？」

「いるとも。ミス・シートンから聞かなかった？」ポールはわざとすっぱ抜き、ジョアンナは子どもの憤慨をなだめる立場に立たされた。

「あなたのお父さまが乗り気じゃなかったから黙っていたの。乗馬には危険がつきものだから、きっと心配なさったのでしょう。私にはよくわかるの、本当よ」

ジョアンナは父の死を思い出していた。父が生きているころ、人生にはまったくなんの不安もなかった。しかし今は、ジョアンナは生活を支えなければならない労働者だったし、ミセス・シートンは途方に暮れた無能な未亡人にすぎなかった。父親を敬愛していたジョアンナにとって、父が家族の将来について何も考えていなかった事実を受け入れるのは難しいことだった。そして、ギャンブルですべてを失った父を許す気になったのは、つい最近のことだ。若くてやり直しのきくジョアンナはまだいい。しかし母は友人や親戚《しんせき》に頭を下げるようになるなど思いもよらないことで、親しいリディアがいなかったらどうなっていたかわからない。

「馬にはちゃんと乗れるわ」アニヤの得意そうな声がする。「前はあたし専用の子馬《ポニー》がいたの。週末にはいつも乗ってたわ」昔を懐かしむような顔つきで言ってから、自分がすっかり相手に気を許していることに気づいたようだ。「とにかく、あたしきっとパパを説き伏せてみせる。そしたら馬に乗りに行っていいわね、ミスター・トレバー？」

ジェイクが許すとは思えなかったが、ジョアンナは何も言わなかった。それより、気前のいい散財についてなんと言われるかのほうが心配で、もう少し控えめにすべきだったと後悔し始めていたのだ。

レーブンガースのゲートでランドローバーを降りたのは四時少し前だった。ポールは礼儀上お茶に誘ったジョアンナの申し出を断り、週末にでも来てみると言ってからこうつけ加えた。

「君とアニヤが森の中を歩かなくてもすむように、車でうちに連れていこう。いっしょにお昼を食べてもいいし」

「まあ、そこまでしてくださらなくても……こちらから連絡するわ」ジョアンナは思いきって言った。「ミスター・シェルドンがどうおっしゃるかわからないし」

「あなたは行きたくないの、ミス・シートン？」アニヤの鋭い質問にジョアンナはまごつき、かすかに頰を赤くした。

「こちらから連絡するわ」ジョアンナは繰り返し、手を握ってポールを見送ると家に入った。

ミセス・パリッシュとマットはキッチンでお茶を飲んでいた。マットは、新しい家政婦に大量のまき割りを頼まれたり、ぴかぴかの床を歩く前にブーツを脱がされたりすることに文句をつけはしたものの、二人はおおむねうまくいっていた。

「まあまあ、何を買ってきたんです?」買いものの包みをテーブルの上に広げるアニヤに、ミセス・パリッシュは目を輝かしてきいた。「ペンリスの店は空っぽになってしまったんじゃありませんか?　お父さまが破産しなければいいけれど」

アニヤは無邪気にくすくす笑った。「ミス・シートンがみんな払ってくれたの。もしパパが払えなくても大丈夫ですって」

ミセス・パリッシュは驚いたように眉を上げ、マットでさえけげんな顔をしたのを見て、ジョアンナは慌てて説明した。

「いえ、もしミスター・シェルドンが反対なさったら、私のお給料から差し引いてもらうって言ったんです」ジョアンナは同意を求めて二人を見やった。「でも、反対なさるとは思わないでしょう?　だって、アニヤにとっては必要なものばかりですもの」

ミセス・パリッシュとマットが黙って互いを見交わしたとき廊下に足音が響き、ジェイクがキッチンに入ってきた。

「パパ!」アニヤが父親に駆け寄り、細い腕を腰に巻きつけた。「あたしたち、とても楽しかったわ!　ホテルでお食事して、いろんなものを買ったの。ミス・シートンがあたしのものをたくさん買ったこと、怒らないわね、パパ?」

「今さら怒ってもしかたがない」非難を含んだ皮肉に体をかたくしたジョアンナを、ジェイクは鋭いまなざしで見つめた。「楽しい一日を過ごしたようだね、ミス・シートン。少なくとも、娘に買いものの楽しみを教えこむことには成功したらしい」

「ミス・シートンはあたしのことやせすぎじゃないって、ただほっそりしてるだけだって言ったわ。あたしに似合うと思わない、パパ？　お店の人はほめてくれたわ」

「そのとおりですとも」ミセス・パリッシュが助け船を出した。「女の子らしいドレスを着たらきっとすてきですよ」

ジェイクは娘の手をほどき、テーブルの上に広げられた買いものの包みをざっと見回した。「ミス・シートンは確かに気前がいい。それにしてもアニヤ、いったいこんな服をいつ着るんだね？　ミス・シートンと違って外出するチャンスもないのに」

ジョアンナは唇をかんだ。彼はまるで娘の喜びを台無しにしようとしているみたいだ。

「いつかアニヤを、ロンドンの母のところに連れていくことを考えています」そんなことが実現するはずもないと知りながら、ジョアンナはとっさにそう言っていた。「小さなフラットですけれど、私の部屋をいっしょに使えば……」

「アニヤを見せものにするつもりはない！　娘には君の家族や友人たちの尊大な哀れみなど必要ないんだ！」

「なぜ見せものだなどと考えるのですか？」少女の当惑した視線を感じてはいたが、黙っているわけにはいかない。「アニヤはごく普通の女の子です。人生に背を向けているあなたのとばっちりを受けてきただけですわ！」

マットは乳搾《しぼ》りの時間だとつぶやいて立ち上がり、ミセス・パリッシュも口実をもうけて座をはずした。しかしジョアンナの内部からはすでに好戦的な気分は消えていた。またもや言いすぎたことは確かで、アニヤでさえ家庭教師の攻撃的態度にびっくりしたようだった。

「そのことについては今夜、書斎で改めて話し合おう。おそらくそのとき、この家の中での君の立場を明確にできると思う」

ジョアンナは乾いた唇に舌を走らせた。「私を解雇なさるという意味ですね？」

「話はあとだ」彼は慎重に即答を避けた。

「あたしの服、気に入らないの？」アニヤは抗議した。大人びているところはあってもやはりそこは子どもで、自分にかかわりのある問題だけが気になるようだった。「でもあたしがおねだりしたわけじゃないわ。ミス・シートンが、もしパパが払えなかったらお給料から引いてもらうって言ったのよ」

「本当かい？」ジェイクはさげすみをたたえた視線を家庭教師に向けた。「ミス・シートンの経済状態がパパよりましだとは思えないが」

「でも……」アニヤは混乱した様子だった。

「お金のことを言っているわけじゃない。さ、手を洗ってきなさい。荷物はあとで運べばいい」

「はい、パパ」

部屋を出る前、アニヤはちらっとジョアンナを見上げた。だれかが父親と口論するのを見たのは初めてなのかもしれない、とジョアンナは思う。でも、だれかがしなければならないのだ。だれかがジェイク・シェルドンに、社会から完全に自分を断ち切って生きることはできないのだと納得させなければならない。遅かれ早かれ未来に、そして彼自身に面と向かうときがくるのだから。

9

部屋に戻り、ジョアンナは憂うつな気分でこれからのことを考えた。悪意はなかったのだといくら自分に言い聞かせてもむだで、使用人の前でジェイクの威信を傷つけたという事実は重く心にのしかかっていた。他人の教育方針にとやかく口出しする権利など、はたして自分にあるだろうか？

窓に椅子を引き寄せて座り、ジョアンナは考えこんだように外を見つめた。月の明るいひんやりした夜で、空にはすでにちかちかと星がまたたいている。まだ時間は早かったが、軒下の巣に帰るふくろうのもの悲しい鳴き声と、マットについて小屋に向かう犬のほえ声が聞こえてきた。もしここを去らねばならないとしたら、こうした平和な、優しい夕暮れの物音も聞けなくなるだろう。

ジョアンナはため息をもらした。いったい自分はなんのためにここに残りたいと願っているのか？　ふくろうの鳴き声や犬のほえる声、羊のつぶやきのためばかりではなかった。アニヤに愛情を感じ始めていたのは事実だが、そのためとも言いきれない。それはジェイク・シェルドン、彼女から何ひとつ、同情さえ求めない傲慢《ごうまん》な男性のためだった。

不機嫌、沈黙、皮肉っぽさ、短気――そうしたすべてにもかかわらずジョアンナはジェイクに恋をし、どうにもならない窮地に追いつめられていた。彼と戦うのではなく、話し合いたかった。彼の重荷を分け合い、彼の強さに頼りたかった。ところが常に見え隠れする不幸な事故の妖怪にはばまれて、ジョアンナのどんな働きかけも懇願も、結局は争いの原因になる運命にあった。ジェイクを心から愛している――そのことをどうしたらわかってもらえるだろう？　彼は娘の家庭教師を、夢見る乙女くらいにしか考えていないのだから。

夕食の時間に階下に下りていくとミセス・パリッシュは、ジェイクがパブで酔いつぶれたマットを迎えに行ったと報告した。

「こんなことがしょっちゅうあるんですか？」三人分のスープをつぎながらミセス・パリッシュは尋ね、ジョアンナは落ち着きなくテーブルの表面を指でたたいた。

「いいえ、しょっちゅうというわけではないと思うわ」ジェイクとの話し合いはあすまで延期になるのだろうかと考えながら、ジョアンナはうわの空でつぶやいた。「何時ごろお帰りになるのかしら？」

「さあ、それほど遅くはならないとおっしゃっただけで」スープをつぎ終わるとミセス・パリッシュはきいた。「いつものようにダイニングで召し上がります？　それともアニヤと私と三人でここで食べますか?」

「もちろん、ここでいいわ」いくら暖炉を燃やしてもなかなか暖まらないダイニングより、キッチンのほうがずっと居心地がよかった。

ジョアンナは椅子のささくれにストッキングを引っかけまいと、慎重にテーブルについた。ジェイクを意識して念入りに身なりを整えたのに、ハニーゴールドのスリムなジャージーのドレスも、華奢《きゃしゃ》なハイヒールのサンダルも、どうやら彼の目にとまるチャンスを逸したようだ。

「ミスター・トレバーと出かけるの?」キッチンに入ってきたアニヤはジョアンナの服装を調べるように見回した。

「いいえ、たまには違ったものが着たかっただけ」さりげないふうを装ってジョアンナは言った。「あなたは?」

「あたし?」古いジーンズとセーターを見下ろしてアニヤは口をとがらした。「これだっておかしくないでしょ? それに、めんどうくさいわ」

ジョアンナはあきらめたようにため息をついた。父親が勧めない限り、少女は決して女らしさを身につけようとはしないのかもしれない。

「パパは?」アニヤはミセス・パリッシュに尋ね、説明を聞くと肩をすくめて、分別くさく頭を振った。「またなの? 奥さんが死んじゃったからって飲んでばかりいるのはよくないわ。パパだってママを亡くしたけど、飲んでいないのに」

ジョアンナは表情を曇らした。「マットは奥さんを亡くしたばかりなの？」

「一年くらい前。そろそろあきらめてもいいころよ。ママが死んでも、あたし、ちっとも悲しくなかった。嬉《うれ》しかったくらいよ」

「アニヤ！」

ジョアンナとミセス・パリッシュは同時に口を開いたが、アニヤはまったく動じなかった。

「だって本当のことだもの。ママはあたしを愛していなかったし、あたしだってママのこと好きじゃなかったわ」

「あなたにはわかっていないのよ、アニヤ。まだ小さかったし……」ミセス・パリッシュと心配そうな視線を交わし、ジョアンナは子どもをなだめようとした。

「ママは離婚したがってたわ。そしてあたしのこと置いていくところだったのよ。愛していたらそんなことできる？」

「アニヤ、毎年たくさんの人たちが離婚しているわ。だからといってその人たちが子どもを愛していないとはいえないでしょう？　ただ、大人同士がそれ以上いっしょに暮らせなくなるだけで」

「あなたには何もわかってないのよ。ママはパパ以外の人が好きになって、気狂いみたいに車を飛ばして、そして、あたしたちみんなを殺すところだったのよ！」

ジョアンナは目を丸くした。これまで、事故を起こしたのはジェイクだとばかり思っていたのだ。でもアニヤは真実を知っている。現場に居合わせたのだから。母の死後アニヤが荒れたのも、それが大きな原因だったのかもしれない。

「あなたのお父さまがけがをした夜、運転していたのはママだったの？」気まずい沈黙のあと、ジョアンナは静かに尋ねたが、アニヤは突然意見を修正した。

「そうじゃないわ。車を飛ばしたのはあの日じゃなくてほかの日のことよ……パパがけがをした夜じゃなくて」

少女がうそをついていることは明らかだが、なぜそうしなければならないのか、ジョアンナには理解できなかった。

アニヤが八時半にベッドに入ってから、ジョアンナは比較的家庭的な雰囲気の感じられる書斎に行った。炉端の安楽椅子に腰かけ、本や絵が並ぶ棚に炎の揺らめきがちろちろと映るのを見つめていたが、ふと思い立って立ち上がると、絵が積み重ねられた床に膝をつき、ここへ来て初めて、じっくりとジェイクの作品を鑑賞した。それまで日曜画家の素人っぽい油絵を想像していたジョアンナは、意見を変えざるをえなかった。確かにはでな絵ではないが、そこには胸を打つ純粋さがあった。ほんの少し手を加えれば十分プロの絵として通用するだろう。しかしもちろん、ジェイクがこうした作品を喜んで人目にさらすとは思えなかった。

ジョアンナは再び暖炉のそばに戻り、サンダルを脱いで椅子に座ると憂うつな気分で赤い炎を見つめた。ジェイクは豊かな才能に恵まれている。世捨て人のような暮らしをして、せっかくの能力をむだにしていることに気づかないのだろうか？

ジョアンナはいつの間にか、ソフトな光と快いぬくもりに誘われて眠りこんでしまったらしい。ドアがあく音で目をさまし、彼女はまだもうろうとした状態で頑固なジェイクの顔を見上げた。

「こんなところで何をしている？」今夜書斎で話そうと言ったことなどすっかり忘れているらしいジェイクの言葉に、ジョアンナはかすかな怒りを覚えた。

「私と話したいとおっしゃったから、お帰りになるのをここで待っていたんです」

白いシャツにすばらしくよく似合う黒いスエードの三つぞろいを着たジェイクは、いらいらした様子でため息をつき、部屋の中を歩き回った。

「今何時だと思っているんだ？」そう言われて、ジョアンナは腕時計を目の高さに上げて文字盤を見分けようとした。「十二時半」返事も待たずに彼は続ける。「十二時半だ、ミス・シートン。話し合いのできる時間だとは思えないが、君はそれほど解雇通告を待ち望んでいるのか？」

ジョアンナは足を椅子から下ろし、つま先でサンダルを探った。「いいえ。私、いつの間にか眠りこんでしまったようですわ」

ジェイクは炉端に立ち止まり、両手をジャケットのポケットに突っこんで、さっきまで勢いよく燃えていた暖炉の赤い残り火をじっと見つめた。それから、サンダルを探す彼女にいらだったかのように、彼はさっと暖炉に背を向けてサンダルをわきにけとばし、びっくりしたジョアンナの顔を陰気な熱っぽさで見下ろした。

目をそらす前にほんの何秒か、彼女はジェイクの挑発するような視線を受け止めた。自分がここにいたという予期せぬ事実が、彼の内部に潜んだなんらかの感情を揺さぶったらしいという不安な印象を受け、ジョアンナはジェイクを恐れるよりも、自分自身が心の内をさらけ出すことを恐れた。早くここから出ていくべきだ。嫌われているのはわかっているが、少なくともさげすまれてはいないだろう。しかし、もし彼に心の内を読みとられたら、さげすまれるどころか、屈辱的な哀れみさえ受けることになりかねなかった。

ジョアンナは立ち上がり、サンダルを目で探しながらためらいがちにつぶやいた。「マットは、見つかりました？　ミセス・パリッシュが……」

「マットは関係ない」

「でも、ミセス・パリッシュは……」

「彼女がどう話したかはわかっているが」ジェイクは肩をすくめた。「違うんだ」

「どういう意味ですの？」ジョアンナはいぶかしげにまたたいた。

「わからない？　マットは一滴も飲んではいないってことさ」

「じゃ、なぜ……？」

「ぼくが出かけるのに、それ以上ましな口実が思いつかなくてね」

ジェイクから目をそらし、ジョアンナはサンダルを探し始めた。ここにぐずぐずしていて危険な方向に向かいそうな話を聞くより、一刻も早くここから立ち去るほうがいい。

「今夜の君は特別に美しい」ようやくサンダルを拾い上げたジョアンナに彼は言った。「そのことに関して言えば、君はいつだって美しいが。君の美しさはぼくにとって耐えがたい拷問なんだ」

ジョアンナは頭をたれた。「もう休んだほうがいいと思います、ミスター・シェルドン。あすの朝、改めてお会いしたほうが……」

「毎朝、君と会いたい」深くかすれたジェイクの声は、実際の愛撫《あいぶ》より強烈にジョアンナの胸をときめかした。「毎朝、君の隣で目をさましたいんだ。もちろんこれはちょっとばかり飲みすぎた男のたわ言にすぎないが」

本当に、ジェイクは自分が飲むためにマットを口実に使ったのだろうか？　もしそうだとしても、いくらか抑制を欠いている以外、彼はそれほど酔っているようには見えなかった。

「信じられない？」ジェイクは自己嫌悪に唇をゆがめ、ジョアンナの細い肩からふくよかな胸のふくらみ、引きしまったウエストから腰の曲線、ほっそりと形のいい脚へと視線を滑らせた。「うそじゃない、今夜はへべれけに酔っ払うつもりだった。残念ながら思いどおりに酔えなかっただけの話で」

ジョアンナは震えるように息を吸った。「確かに酔っていらっしゃるわ……つまり、酔っていなければそんなことはおっしゃらないでしょうから」

「そう思う？」琥珀《こはく》色の視線を再び顔に戻して彼は言った。「もうとっくにベッドに入っていると思ったのに、君はここにいた……それもこんな様子で」ジェイクはハニーゴールドのドレスとあめ色の美しい髪を身ぶりで示した。「予想していなかったから調子が狂って、自分で自分をどう扱ったらいいのかわからなくなったらしい」

ジョアンナはちらっとドアのほうを振り返った。「じゃ、私、失礼して部屋に戻りますわ。そして、あなたをひとりに……」

「いけない！」絞り出すような声が制止した。「行かないでほしい。あすの朝まで待たなくても、今話してもいいんだ」

「ミスター・シェルドン」ジョアンナはからからに乾いた唇をなめる。

「ジェイクだ」ポケットの中でこぶしを握りしめ、彼は荒々しく訂正した。「一度でいい、そう呼んでくれないか？」

「ええ……ジェイク」

ジェイクは少しの間、長くカールしたまつげを頬に落として目をつむった。ジョアンナは手を伸ばして彼に触れたいという願いと戦って唇を震わせた。

「もう一度」かすれた声の懇願にジョアンナがもう一度その名をささやくと、ジェイクは苦しげなうめきをあげてポケットから両手を出し、ぎゅっと握ったこぶしを両わきにたらした。「いったい君はどうしてレーブンガースに来たんだ！」

ジョアンナはもはや立ち去ることはできなくなっていた。彼のそばにいることがプライドの放棄を意味するなら、それでもかまわないではないか？

「ジェイク」サンダルを床に落として、彼女はジェイクに近づいた。「レーブンガースから出ていけと、おっしゃるの？　でも、私は信じないわ」

「ジョアンナ」ジェイクはアルコールの甘い匂《にお》いを漂わして言った。「ぼくがどうしたいかは、この際問題ではない。君がアニヤにしてくれたことは感謝しているし、君以上の家庭教師が見つかるとも思えないが、このままの状態を続けるわけにはいかないんだ」

「なぜ？」胸と胸が触れ合うほどに近づいた今、ほのかな香水の香りが彼の鼻孔をくすぐっているのを意識し、ジョアンナは自分の大胆さに驚きながらもはっきりとこう言っていた。「ジェイク、私と、そしてあなた自身と戦うのはやめて！」

ジョアンナはてのひらを彼の首すじに当て、ゆっくりと上に滑らしていった。「ああ、ジェイク、お願い、私を追いやらないで……」背伸びをし、彼女はまだ自分と戦っているジェイクの唇にキスをした。

彼は肉体の切迫した要求に屈服する。降伏のうめきとともに、ジェイクはそれまでの抑制を捨て去り、しっかりとしなやかな体を抱きしめた。

自分の内部に存在することにすら気づいていなかった情熱をかきたてられ、ジョアンナは破壊的な唇の攻撃に最後の理性を失った。ふっくらした唇は官能的なキスにおののき、ほっそりした腕はそれ自身意志を持つ生きもののように、がっしりした首にからみついた。

炉端の敷きものの上に横たえられたことにも、ジェイクのベストのボタンがはずされていて、薄いシルクのシャツだけが厚い胸を覆っていることにも、ジョアンナは気づいていない。ただひたすらジェイクに寄り添い、貪欲《どんよく》な唇を味わい、かたい体のぬくもりと強さとを感じたかった。できることならパートナーと同じくらい大胆になって窮屈なドレスを脱ぎ捨てたいと願いながら、彼女は熱っぽい愛撫に身をゆだね、体をのけぞらした。

「ぼくたちはどうかしている」ジェイクは苦しそうに彼女を見下ろしてつぶやいた。「どうして君はベッドに入っていなかったんだ？　こんなふうになってはいけなかったのに」

「でも、こうなったのよ」ジョアンナがささやいて、ほっそりした指で荒々しい顔立ちをなぞると、ジェイクはその手をつかんでてのひらに唇を押しつけた。「愛して、ジェイク！　あなただってそうしたいはずよ」

「君には自分の言っていることがわかっていないんだ」魅惑的な姿態を視界から締め出そ

うとするかのようにジェイクは目を閉じ、必死に自分と戦っていた。

「ええ、ええ、ベッドに入るわ」ジョアンナは差し迫った声で言った。「でもひとりではいや。あなたといっしょに」

「いけない！」突然身を引き、ジェイクは狂ったように髪の中に指を走らせた。「お願いだ、ジョアンナ、ぼくに残された少しばかりの自尊心まで失いたくはない」

「どうしてなの？」体を起こして膝をつくと、ジョアンナは彼のうなじに両手を当てた。「ああ、ジェイク、私を避けるのはやめて！　あなたを愛したいの。私の願いはそれだけ」

苦悩にかげった琥珀色の瞳で、差し出された美しい体を見つめながら、ジェイクは抗《あらが》いがたい魅力と戦っていた。

「いけない」ふらふらと立ち上がったジェイクの拒絶に、ジョアンナは今にもあきらめるところだった。しかしそうはせず、彼女もまた立ち上がって彼を見守り、乱れた髪を撫《な》でつけようともせず次の動きを待った。

ジェイクは混乱したように頭を振ってグリーンのまなざしを避け、黒いスラックスについた敷きものの糸くずを払い落とした。彼は相手が消え去ることを望んでいた。でもジョアンナはそこに立ち、彼が顔を上げた瞬間、自分の勝利を確信した。

「ジョアンナ……」唇からもれたその声は助けを求めていたが、ジョアンナには彼を助けるつもりはない。「ああ、ジョアンナ！」大きく息をつき、ジェイクは衝動的に肩を抱き寄せた。

炎のようなキスに応《こた》えながら、ここここそ自分のいるべき場所なのだと、ジョアンナは直感的に感じとっていた。彼に愛され、所有されること以外はどうでもよかった。ジェイクにのみこまれ、彼の一部になることだけを切望していた。

琥珀の瞳を燃やして、ジェイクは軽々とジョアンナを抱き上げる。初めての経験に不安はあっても怖くはなかった。ジェイクが決して自分を傷つけないという確信が彼女を支えていたから。

しっかりした足どりでホールを横切り、階段を上がっていくジェイクは、まるで、一歩ごとに自制心を踏みつぶしているかのようだった。あすの朝になって、彼は後悔するだろうか？　ジョアンナはかすかなためらいを覚える。彼の弱点を突いて誘惑したことをさげすまれやしないだろうか？

いや、そんなことをくよくよ考えるのはよそう。ジェイクを愛しているのだし、たとえ今、自分が愛されていないとしても、いつかは愛されるようになるかもしれないのだ。

階段の一番上のステップで、酔いのせいかジェイクがよろめいた瞬間、ジョアンナは思わず声をあげた。その声はしんとした夜を引き裂き、ジェイクは何かが起こることを待ち受けてでもいるようにびくっと凍りついた。予想どおり、ほとんどすぐさま子ども部屋のドアがあき、そのすき間から不安げな小さな顔がのぞいた。

「パパ！　どうかしたの？　ミス・シートンが病気？　どうして歩けなくなっちゃったの？」

ジェイクはゆっくりした動作でジョアンナを立たせた。「ミス・シートンは書斎で眠ってしまったんだ。でも、もう目をさましたようだからひとりで部屋に戻れるだろう」

ジェイクの意志の力ではできなかったことを、アニヤが簡単になしとげた。不用意に声をあげたことで、彼の頭から消し去りたかったすべてをよみがえらせ、二人にとっておそらくは唯一のチャンスをふいにしてしまったのだ。

「おやすみ、ミス・シートン」娘のほうに歩きながらジェイクは言った。「あすの朝、話し合おう。さあおいで、アニヤ、おやすみを言いなさい。子どもが起きている時間じゃないし、寒いからかぜを引くよ」

ジョアンナも寒かった。しかし体が寒いのではない。二度とチャンスは訪れないだろうという確信に心が凍るように寒かったのだ。

10

実際に眠ったかどうかは別にして、ジョアンナは翌朝、不幸の重みを意識して目をさました。おふろに入ったあと栗《くり》色のコーデュロイパンツとシルクのシャツを着て髪をリボンでまとめ、運命と対決するような気分で階下に下りた。ジェイクはすでに朝食を済ましたらしく、ミセス・パリッシュは、九時に書斎に来るようにという彼からの伝言をジョアンナに伝えた。

勧められたトーストを断って二杯目のコーヒーを飲んでいると、きのう買ったドレスを着たアニヤがキッチンに入ってきた。椅子に座った少女は新しいドレスにもかかわらず不機嫌な顔つきで、昨夜の出来事を忘れてはいないらしいとジョアンナは憂うつな気分で考えた。

しかし、アニヤが言ったことはそれよりはるかに致命的なことで、ジョアンナは呆然《ぼうぜん》と少女を見つめた。ミセス・パリッシュが驚いたようにとりなした。

「いったい何を言うの、アニヤ? ミス・シートンは出ていきやしませんとも。きっと何かの間違いですよ」

「そんなことないわ」アニヤはふくれて唇をかんだ。「きのうの夜、パパがそう言ったもの。ミス・シートンはロンドンに帰ることになったって」

ミセス・パリッシュはまごついてジョアンナを見た。「本当ですか？　お帰りになるなんて、ちっとも知りませんでした……」

「ほかの人たちと同じだわ」アニヤはぶつぶつつぶやいている。「みんなここにいるのをいやがったし、あたしを嫌ったのよ」

「アニヤ、違うのよ！」ジョアンナは椅子から立ち上がり、どう説明すべきか、必死でふさわしい言葉を探した。「ただ……つまり、あなたのお父さまとはあらゆることで意見が食い違うの。私だってここから出ていきたくないわ。でもそうするしかないのよ」

アニヤは当惑してきいた。「どうして？」

「ときどき、人と人とがどうしてもうまくやっていけない場合があるわ」

「パパとあなたが？」

「ええ、そういうことよ」

「でも、パパはあなたを好きよ。あたしにはわかってるわ」アニヤは激しい調子で言った。

「たまに言い合うからって、出ていかなくてもいいでしょう？」

「それほど単純なことじゃないのよ。とにかく、決めるのはあなたのお父さまなんですもの」ジョアンナは悲しそうに肩をすくめた。「直接お父さまにおききなさい」

アニヤはシリアルの皿にうつむいたまま、答えようとはしなかった。

九時五分前に書斎のドアをノックしたが、部屋にはだれもいなかった。落ち着かない気分で室内を行ったり来たりしていると、九時かっきりに、ジェイクが確固たる足どりで入ってきた。とりつく島のない頑固な顔つきをひと目見ただけで、ジョアンナは、彼を説得しようとするのは時間のむだだと悟らざるをえなかった。冷たい仮面の裏の傷つきやすい素顔をのぞかせた昨夜の出来事は、一瞬の狂気だったのだ。二度と再びあんなことは起こらないだろう。

「座って」彼は机のそばにある椅子を身ぶりで示した。「長くはかからない」

ジョアンナは椅子に浅く腰かけ、膝の上で両手をぎゅっと握り合わせたが、ジェイクは座ろうとはせず、机の反対側に回ってクールな視線で相手を見下ろした。

「何を言おうとしているか、もちろんわかっているね？　きのうの夜起こったことは、残念としか言いようがない。そして、今のうちに我々のかかわりをはっきり断ち切るのが、みんなのために一番いいことだと思う」

「そのために、ゆうべあれほど飲まなければならなかったのですか？」ジョアンナは感情とはかけ離れた大胆さを装ってきいた。「しらふでは言えないから？」

「たった今、ぼくはしらふだ！」ジェイクはかっとして言い返し、その反応の激しさにジヨアンナはなぜかほっとした。「きのうのことはお互いにきれいさっぱり忘れよう」

「なぜですの？　そんなに不快なことでしたかしら？」

「ミス・シートン……」

「きのうはジョアンナと呼んでくださったわ」

「ミス・シートン」ジェイクは疲れたように背すじを伸ばした。「君と口論したくはない。きのう、確かにぼくは飲みすぎていたが、今は正常だ」

ジョアンナは椅子から立ち上がった。「本当は私を追い出したくはない、違います？　あなたは私がここにいることを恐れているだけです。私がアニヤにとって、そしてあなたにとっても、重要な存在になることを恐れていらっしゃるんですわ！」

「ばかばかしい！　昨夜のちょっとしたごたごたを君がどう受けとったかは知らないが、ぼくが若い女性に肉体的に惹《ひ》かれたとしてもさほど驚くには当たらないだろう。君自身気づいているだろうが、君は若くて美しい。そしてぼくは孤独な男だ」あまりの冷たさに、ジョアンナは凍りつく。「また新しい家庭教師を探さなければならないと思うと頭が痛いが、無益で危険な関係に巻きこまれるよりはましだろう」ジェイクは、反対しようと口を開いたジョアンナを制止した。「君は自分を必要欠くべからざる人間だと思っているらしいが、残念ながらミス・シートン、ぼくは君なしでもやっていける」

「でもきのうの夜……」

「何度言えばわかるんだ？　きのうは君を求めた。それは認めよう。しかし運よく何も起こらなかったんだ。経験だと思えばいい。君のような箱入り娘にとっては得がたい経験じゃないかな？」

ジョアンナは青ざめた。「どういう意味ですの？」

「わかっているくせに！　二階に君を抱いていくとき、まるで木の葉のように震えていたね？　君はまだねんねなんだ、ミス・シートン。同じ年ごろのボーイフレンドと楽しむのはいいが、大人の仲間入りにはまだ早い」

思わず手を上げ、ジョアンナはジェイクの頬をたたいていた。ひりひりと痛む手を引っこめてお返しの平手打ちを待ち受けたが、予想に反して肉体的な報復はなかった。

「荷物をまとめなさい。ペンリスまで送ろう」彼は傷跡のある頬に手をやった。「それから、二度とこんなことはしないでもらいたい。傷がひどく痛むのでね」

リディア・サットンが母のために見つけてくれたフラットは、リージェントパーク近くの高層ビルの中にあった。法外な家賃はリディアが引き受け、ミセス・シートンはなんの疑いも抱かずにその状態に甘んじていた。夫の死後、ミセス・シートンはだれにでも頼りたがる傾向があって、リディアはとりわけ力になってくれていた。二人は幼なじみで、サットン卿《きょう》から相当な遺産を残されたリディアは、友達を助けることをごく当たり前と考えていた。

その夜、七時少し過ぎにフラットのあるビルの前でタクシーを降り、ドアマンにあいさつをすると、ジョアンナはエレベーターに乗って八階のボタンを押した。母がいてくれるといいのだが。鍵《かぎ》は持っていないし、こんな気分で管理人にドアをあけてもらうのは気が重かった。

四回ベルを鳴らしたあと、ジョアンナはしぶしぶ母の不在を認めた。もう一度階下へ下りて管理人に頼むしかないだろう。再びエレベーターに向かうジョアンナの心は完全に打ちのめされていた。

十五分後、ようやくドアがあき、ジョアンナはほっとため息をついてスーツケースをホールに下ろした。リビングのドアを押して明かりをつけると、つい今しがたまで人がいたらしく、部屋にはまだぬくもりが残っている。ジョアンナは窓辺に近づき、ちかちかとまたたく町のパノラマを見下ろした。質素で飾りけのないレーブンガースでの生活を経験した今、ぜいたくで優雅な環境はかえってむなしく感じられ、ジョアンナは強いて窓辺から離れ、静かなベッドルームに入った。

熱いおふろに体を伸ばしているとき電話のベルが鳴った。最初はそのままほうっておこうと思ったが、もしかしたらジェイクかもしれないという期待が頭をかすめ、ジョアンナはタオルを体に巻きつけてバスルームから出ると、ベッドわきの受話器をとった。

「もしもし?」

一瞬の沈黙のあと、優雅な声がこう問いかけた。「ジョアンナ、あなたなの?」

「ええ、リディアおばさま、私よ。ママにご用?」

「そのとおりよ。でもそれより、どうしてあなたがそこにいるかってことのほうに興味があるわ」

「私……あの……レーブンガースから戻ったの」

リディアはいらいらしたようにたたみかけた。「ばかなこと言わないで、ジョアンナ。私が何をきいているか、わかっているでしょう? どうしてレーブンガースを出てきたの? あそこのお嬢さんとはとてもうまくいってると、あなたのママから聞いていたのに」

「事情が変わったのよ」ジョアンナはさりげないふうを装って続けた。「ママはいないのだけれど、どこに行ったかご存じない?」

リディアはちょっと黙りこみ、それから再び口を開いた。「こっちに来ていっしょに食事をしましょう。電話で話せるようなことじゃなさそうだし、私もひとりで食事をするよりあなたが来てくれたほうが嬉《うれ》しいわ」

ジョアンナは気落ちして目をつむった。「でもリディアおばさま、私……」

「来なくちゃだめよ。実はあなたに手紙を書こうと思っていたの。あなたのママのことで」

「ママのこと？」ジョアンナはぱっと目を見開いた。「なぜ？　体のぐあいでも悪いの？」

「いいえ、とても元気よ。どう、こっちに来られる？　ドレスアップする必要はないわ。正式なお食事じゃないんですもの」

「ええ、それじゃ、一時間ほどで」

「三十分でいらっしゃい」リディアは返事も待たずに電話を切った。

ジョアンナはウールのパンツスーツを着てシープスキンのジャケットを重ねた。髪はたらしたままで、メークアップも最小限なので、自分がひどく若く見えることを意識してはいたが、今の場合、そんなことにかまってはいられない。それにしても、よりにもよって今夜、この時間にリディアから電話がかかるなんて、あまり運がいいとも思えなかった。名づけ親に心の奥を見透かされるのは、何よりも避けたいことだったのだ。なんとかして、レーブンガースを出てきた言いわけを考えなければならないだろう。事情が事情なのでジェイクが妹のマーシャに本当のことを話すとは思えないが、マーシャ・ハンターとリディアは仲のよい友達同士だから、レーブンガースで何があったのかとりざたされるのは避けられないことだ。

リディアのタウンハウスはランカスターゲート近くにあって、ジョアンナはキャベンディッシュコートから歩いていった。晴れてはいたが寒い夜で、ジョアンナは父が生きていたころに乗り回していたミニクーパーを懐かしく思い出した。でも、歩くのもいい運動になるだろう。これから毎日、仕事探しにあちこち回るとしたら、足を鍛えておく必要があるだろうから。

メイドのメーガンにコートを預けて客間のドアをあけたジョアンナは、もうひとり客がいることに気づいて入口のところで立ち止まった。三十代後半の婦人がリディアの向かい側の肘かけ椅子に座っていて、二人はためらっている若い女性のほうに同時に目を向けた。

「まあ、寒かったでしょう！」リディアは立ち上がり、ジョアンナを抱擁した。「こっちに来てお座りなさい。ブランデーを持ってきましょう」

ジョアンナはなんとかほほ笑んでみせ、本当にまきが燃えているように見える暖炉のそばに近づいた。

「マーシャは初めてね？」リディアは尋ね、ジョアンナは意外な名を聞いて衝撃を受けた。「マーシャ、私が娘同様にしているジョアンナ・シートン。ジョアンナ、このかたはミスター・シェルドンの妹さんのミセス・ハンター」

スリムで黒髪の美人、ミセス・ハンターは、ジェイクより一、二歳若い感じで、座っているのではっきりとはわからないが、かなり上背がありそうだ。身につけているシンプルなスーツはどう見ても最高級のパリ仕立てで、短いストレートヘアも一流のカットだった。

「そう、あなたがジョアンナね」マーシャ・ハンターは温かい笑みをたたえて手を差し伸べた。「お目にかかれて嬉しいわ。お噂《うわさ》はかねがね伺っていますのよ」

リディアがけげんそうに彼女を見ただけで、ジョアンナは自分の声がうわずっていることに気づく。しかしリディアは何も感じなかったようだ。

「レーブンガースから戻っていらしたそうね」リディアはブランデーをとりに行き、ジョアンナがあいた椅子に腰かけると、マーシャは単刀直入に問いかけた。「残念ですわ。アニヤとあなたはうまくいっていると聞いていた矢先に」

「私、あの……だれからそのことを？」この思わぬ状況に慣れる時間がもう少し欲しかった。

「もちろんジェイクからよ。私たち、しょっちゅうではないけれど手紙のやりとりをしていますの。兄と私はあらゆる点で意見が食い違うのだけれど、このことに関しては同意見でしたわ。あなたがアントニアのお友達になってくださることを願っていました。ちょっと変わった子ですけれど、なんといっても私の姪《めい》ですものね」

ジョアンナはうつむき、椅子のアームをてのひらでさすった。ジェイクは妹に手紙を書き、その中で新しい家庭教師のやりかたをほめたのだろうか？　しかし何を？　アニヤに対する教育方針には不信を表明していたのに……。

「あなたと話したすぐあと、マーシャに電話をかけたのよ」ジェイクの瞳を連想させる琥《こ》珀《はく》色のブランデーが入ったゴブレットを持って戻ってきたリディアが言った。「私たち、あなたが仕事を続けられないと決心したことを残念に思っているのよ。ミスター・シェルドンはお嬢さんの問題できっと途方に暮れていらっしゃるわ」

　差し出されたグラスを受けとり、ジョアンナはブランデーをほんの少し喉に流しこんだ。液体は喉を焦がし、炎のようなぬくもりを体全体に広げていく。

「いいえ、おばさま。出ていくようにと言ったのはミスター・シェルドンのほうなんです。ところで母のことですけれど……」

「彼が出ていけと？」リディアは信じられないように叫んだ。「どういうことでしょう！　ほかのだれを雇おうというの？　レーブンガースで働きたがる人はいないって聞いているけれど」

「なぜ兄はあなたにそう言ったのかしら？」ジョアンナが答えるより先に、マーシャが冷静に口を挟んだ。「何かあったの？　口論でもなさった？　それとも、事故について彼に何かおっしゃった？　前もって言っておくべきだったけれど、私たちの間では事故の話はタブーになっていますのよ」

　リディアは白髪を揺すった。「ジョアンナは余計なせんさくをするような娘《こ》じゃありませんよ、マーシャ。それに、あなたのお兄さまほどの年齢のかたが、ほんの小娘を相手に口論するとも思えないわ」

「ジェイクにはかたくななところがあるし、このお嬢さんがすばらしくチャーミングなかただだってことに気づかないほど年寄りでもないわ」

ジョアンナは赤くなったが、幸いリディアはマーシャの言葉に気をとられているようだった。「じゃ、正確にいってミスター・シェルドンはおいくつ？」マーシャの答えを聞いてリディアはびっくりして声をあげた。「三十九歳ですって！　でもマーシャ、彼には大学生の息子さんがいると……」

「義理の息子さんがね」

リディアは急いで椅子に腰かけた。「私はまた、もっとずっとお年を召したかただと思いこんでいたものだから……。では、レーブンガースには三人だけで？」

マーシャはジョアンナにかすかな微笑を送ってよこした。「家政婦がいますわ」彼女はリディアを安心させるようにつけ加えた。「たしか、ミセス・ハリスといったわね？　ジェイクがあの家を買ったときからいたかた」

「ミセス・ハリスはもういませんの」ジョアンナはやや性急に言った。「今はミセス・パリッシュという未亡人が来てくれていますわ。リディアおばさま、ママのことで話があるとおっしゃっていたけれど、どんなこと？」

「ああ、あのことね！」たった今耳にしたニュースと比べるとミセス・シートンの話などとるに足りないとでもいうように、リディアはふっとため息をもらした。「私はただ、あなたのママが近々結婚するかもしれないってことを知らせたかっただけ」

ジョアンナにとって、まったく思いがけない爆弾宣言だった。母に何かよくないことが起こっているのかもしれないと心配していたことを考えると、その話を聞いてほっとしてしかるべきだったけれど、母の再婚はますます自分の存在価値を希薄にするように思われ、ジョアンナは必死で惨めな気分と戦わなければならなかった。

そのときドアにノックがあってメーガンが顔を出し、食事の支度のことで女主人の指示を仰いだ。リディアは十五分で食事にしましょうと言いながらメイドのあとから部屋を出ていった。

「レーブンガースを出た本当の理由を教えてくださる?」二人きりになると、マーシャ・ハンターは突然切り出した。「私ね、あなたならぴったりだと思ったのだけれど」

ジョアンナはさっと彼女を見やり、すぐに目を落とした。「ぴったりって、どういうことでしょう?」

マーシャは立ち上がり、落ち着かない様子で部屋の中を歩き回った。「リディアからあなたの話を聞いたとき、あなたこそアントニアや兄が必要としているかただとぴんときたんです。若くて生き生きとした女性。尊大な兄にも怖《お》じ気づかない勇気のあるかた。兄はとても皮肉っぽいけれど、それなりの事情があってのことなのよ」

「ミセス・ハンター、私……」

「マーシャでいいのよ。ここでは堅苦しくする必要はないわ。とにかく、兄はひどい経験をしてきたの。あなたにわかっていただけるといいのだけれど」

「わかりますわ、ミセス……いえ、マーシャ」

「どうかしら？　本人以外に、彼の失ったものの大きさを理解できる人がいるかどうか疑問だわ。それは恐ろしい事故だったんですもの」

ジョアンナはためらったが、きかずにはいられなかった。「事故があった夜、奥さまが運転していらしたのですか？　せんさくするつもりじゃないんです。ただ、アニヤがそう言っていたので」

「ええ、エリザベスが運転していました。無茶な運転をね。彼女の離婚訴訟を有利にするような証拠が何ひとつなかったので、いらいらしていたのでしょう」

「そのときアニヤは？」ジョアンナは消え入るような声でつぶやいた。

「もちろん両親といっしょでした。かわいそうに、あの子は母親を尊敬していたんです。エリザベスが娘を捨てるつもりだと知って、どんなにショックを受けたでしょう！」

ジョアンナはマーシャを見つめた。「アニヤを捨てる？」

「再婚するつもりだった相手はかなりの年配で、大金持だったけれど、子どもを連れてくることに反対していたらしく、エリザベスは娘を残していく決心をしていたのね」

「それでアニヤは……」

「そう、ひねくれてしまった。あれ以来、女性に対して不信感を抱いたのもそのせいでしょう」

「かわいそうなアニヤ！」

「ジェイクにしても、昔はあんなふうではなかったのよ。なぜエリザベスと結婚したのか、私にはわかりませんけれど。彼女にはすでに家庭があったのに、それを捨ててジェイクと……美しいけれど冷たい、そんな人でした」

「きっと彼女を愛していたんですわ」ジョアンナはグラスの底に残ったわずかなブランデーを見つめてつぶやいた。「恋は盲目といいますもの」

マーシャは不思議そうにジョアンナを見守った。「悲しそうね？　あなたにもそんな経験がおありなの？」

「いいえ、ただ、心に浮かんだことを口にしたまでですわ。でも、アニヤとミスター・シェルドンがお気の毒で……」

「残念だわ。あなたなら長続きすると思っていたのに。いったいどういうつもりか、兄にきいてみるべきでしょうね」

「まあ、そんなことなさらないで！」ジョアンナは体を起こしてテーブルの上にグラスを置いた。「ミスター・シェルドンはそんな……」

「おどしには屈しない？　わかっていますとも。でもね、家庭教師が次々と変わるのでは、アニヤのためによくないわ」

れた。

夕食の支度ができたことを知らせにメーガンが姿を現し、二人の会話はそこで打ち切られた。

フラットに帰ると、ミセス・シートンは初老の男性とコーヒーを飲んでいて、娘の出現にひどく驚いた様子だった。

「まあ、いったいどういうわけで帰ったとたん出かけたりしたの？」母親の部屋にメモを残していったことを説明すると、ミセス・シートンはたしなめるように言い、ジョアンナはわざと彼らを不意打ちしたような気分にさせられた。

「リディアおばさまがお食事に誘ってくださったから」ぎこちない紹介のあと、ジョアンナはすぐに自分の部屋にさがり、ベッドに潜りこんだ。

孤独と失望の長い一日。帰ってくればどうにかなるなどと、どうして考えたのだろう？ジェイクを愛しているという事実から逃れることはできないのに……。

11

一週間たっても仕事の口は見つからず、ジェイクから支払われた一カ月分の給料がいつ底をつくかびくびくしながら、ジョアンナは家庭教師以外のどんな仕事でも失業よりはましだと考えるまでに追いつめられていた。

レーブンガースから帰って十日ほどしたある日の夕方、ジョアンナはいつもよりはるかに意気消沈してフラットに戻った。クリスマスシーズンを控えてパートタイムの売り子を募集しているデパートに面接に行ったのだが、経験がないうえに給料は学生アルバイトの倍は払わなければならない高学歴のジョアンナに、マネージャーがいい顔をするわけはなかった。

泣きたいような気分でエレベーターを降りたとたん、フラットのドアの前に打ちしおれて座っている子どもの姿が目に飛びこみ、ジョアンナは自分の悲しみも忘れて叫んだ。

「アニヤ!」急いで近づいてくるジョアンナを見上げて、アニヤは立ち上がった。

少女は最初会ったときと同じ古びた服と破れたアノラックを着て、男の子のような帽子をかぶっていた。虚勢を張ってはいたが頬には涙の跡が残っている。こんな場合、子どもの無謀な行動をしかるべきとはわかっていたが、ジョアンナは胸が詰まり、思いきり少女の細い体を抱きしめたいという衝動に駆られた。

「まあ、アニヤ」ジョアンナは感情を抑えてさりげない調子で言った。「どうやって来たの？」

アニヤはそで口で鼻をこする。「列車に乗ってきたのよ。ひとりで」

「お父さまはあなたがここにいること、知っているの？」

「知らないわ。パパはどこかに行っちゃった。あたしのことなんか心配してないわ。あたし、もう一度戻ってきてほしいって、あなたに頼みに来たのよ」

あまりにも突然のことなので、ジョアンナはなんと言ったらいいかわからなかった。アニヤがロンドンにやって来るほど自分を慕ってくれるのは嬉《うれ》しいが、ジェイクは喜ぶどころではないだろう。

少女が説明している間、ジョアンナは母に渡された鍵《かぎ》をバッグの中からとり出して鍵穴に差しこんだ。

「ベルを押してもだれも出てこなかったから、ここに座って待ってたの」

ジョアンナはいくぶん高ぶった気持で頭を振った。もし母が家にいて、入口に顔色の悪い浮浪児みたいな少女が立っているのを見たらどうしただろう？　母はどちらかというと思いやり深いタイプではない。娘がレーブンガースから戻ってきたことに対する非難がましい意見にしても、優しいものではなかった。

ジョアンナには今、母の不在がありがたかった。熱心な求愛者に招かれて、母はウィルトシャーにある彼の別荘に出かけていた。

「ひとりで住んでるの？」ジョアンナが部屋の明かりをつけるとアニヤがきいた。「すごくすてきね」

「ここは私のママのフラットなの。ところでアニヤ、お父さまはどこ？　どこに行くか、あなたに言わなかった？」

「言わなかったわ。あなたが帰ってしまってから、パパはほとんど口をきかなくなったの」少女は悲しそうな顔をした。「で、あたし、トレバーさんとこの馬に乗りたいって言ったら、パパ、すごく怒ったの。それっきりどこかに行っちゃった……」

アニヤを追い返すわけにもいかず、ジョアンナはなんとかしてミセス・パリッシュとマットに連絡しなければと考えていた。二人とも気も狂わんばかりに心配しているだろう。レーブンガースに電話さえあったら！　しかし、社会との接触を断ち切ったジェイクに電話を引く気があろうはずもなかった。

「ここに泊まっていいでしょう？」心配そうなアニヤの声に、ジョアンナはそうするしかないというふうに肩をすくめてみせた。

「もちろんよ。ママは出かけているからベッドはあいているし。でもまずおふろに入らなくちゃね。どうしてそんなに汚れたの?」

「ペンリスまで乗せてもらったトラックに石炭が積んであったからだと思うわ」アニヤは自分の服を見下ろしてしかめ面をした。

「まあ、ペンリスまでバスに乗らなかったの? ところで列車の切符を買うお金は?」

「お金は借りたの」

「黙って持ってきたってこと?」

「盗んだわけじゃないわ。マーシャ叔母さんがときどき送ってくれたお金が貯金箱にあったから、その中から少し借りただけよ」

「で、バスに乗らなかったわけは?」

「バスでだれかに見つかったら、送り返されちゃうかもしれないでしょ?」

「だれにも何も言わないで出てきちゃったの?」

「そうよ。でもだれも心配なんかしないわ」

「まあ、アニヤったら! それにしてもよくここがわかったわね?」

「パパの机を調べたの。仕事のことであなたが出した手紙があるのを知っていたから」

「それで住所を調べたのね。でも、ミセス・パリッシュにはあなたの居所を知らせるべきだと思わない?」

「そうしたほうがいいと思う?」

「もちろんそう思うわ」ジョアンナはため息をついた。「どうやって連絡をとったらいいかしら?」

「わかんない」アニヤは肩をすくめる。「あたし、おなかがすいちゃった。何か食べるもの、ある?」

ようやく今になって、ジョアンナは子どもが一日中何も食べていなかったことに気づいた。アニヤにスクランブルエッグとベーコンを食べさせながら、レーブンガースに連絡する方法をあれこれ思いめぐらした。

トレバー家に電話をかけ、レーブンガースに伝言を頼むのが一番早いだろう。そう思いつくと、おふろから上がったアニヤに自分のパジャマを着るようにと言いおいて、ジョアンナは電話番号案内で調べてもらったナンバーのボタンを押した。

電話口に出たミセス・トレバーは、なぜジョアンナとアニヤがロンドンにいるのか興味をそそられたようだったが、伝言を伝えると快く約束してくれた。

受話器を置いてベッドルームに戻ると、だぶだぶのパジャマを着たアニヤがシーツの間に潜りこみ、ぐっすりと眠りこんでいた。疲れきった幼い寝顔を見下ろすジョアンナの胸は痛んだ。かわいそうな子。いたいけな少女のどこにこれほどの勇気があるのだろう?

娘がどんなに父親似か、ジェイク自身気づいているだろうか?

リビングに戻ったジョアンナは、マーシャ・ハンターに電話をかけてみようと思い立った。アニヤの叔母なのだし、ひょっとしたらジェイクの居所を知っているかもしれない。彼をつかまえられたとしても自分が何を話すつもりか、まったくわからないけれど、万が一にも彼に会えるかもしれないという期待は、暗黒の中のひとすじの光のようだった。

「まあ、アントニアがそこに？」マーシャは思いがけないジョアンナからの電話に喜んだけれど、説明を聞いてびっくりしたように叫んだ。「で、ジェイクはそのことを知らないというのね？」

「ええ。彼の居所をご存じないかと思って、それでお電話したのです。アニヤがここに来たことをお知らせすべきだと思いますの」

「私もそう思うわ」マーシャは笑った。「彼のフラットにかけてみた？　もしそこにいなかったら、私にも彼の居所はわからないのよ。いずれにしても、おそらくあすの朝には連絡がつくでしょう」

「フラットって……あの、ミスター・シェルドンがどこにいらっしゃるか、ご存じなんですの？」

「ジェイクとおっしゃいな。あなたがそう呼んでいらしたのはわかっていてよ。兄がここに現れるまで、どういうことになっているのかのみこめなかったけれど」

「ジェイク……現れる……いったいどういう意味ですの？」ジョアンナは面くらってきい

た。

「ジェイクがロンドンに来ていることは知っているでしょう?」

「ロンドンに? いいえ!」

「それじゃ、どうして私に電話をくださったの?」

「もしかしたら彼から連絡があったかもしれないと思ったので。でも、ロンドンへはなんの用でいらしたのでしょう?」

「表向きは新しい家庭教師を探すため。少なくとも本人はそう言っていたわ。とにかくフラットにかけてごらんなさい。たぶんそこにいるでしょう」

「でもどこのフラットですの?」

「ご存じない? エリザベスの死後、ウィンブルドンの家を売ってロンドンにフラットを買ったのよ。兄はロンドンに来るようなときはいつもそこに滞在しているの。ホテルよりは人目につかないというので。私の言う意味、おわかりになるわね?」

「ええ、でもそれほどひどい傷ではありませんわ」

「わかっているわ。そのこと、あなたがジェイクに納得させて」マーシャは言い、ジョアンナにフラットの電話番号を教えて受話器を置いた。

すぐに電話をかけようとはせず、ジョアンナはしばらくじっと座っていた。ジェイクがアニヤの家出を知る前に、レーブンガースに彼女を送っていくほうが無難かもしれない。

彼は娘に言われたからといって家庭教師の解雇を撤回するわけもないし、これ以上屈辱的な思いをしたくはない。

そう思う一方、彼の声を聞きたいという願い、ひょっとしたらもう一度会えるかもしれないという期待はあまりにも強烈で、ほとんど抗しがたいものだった。最後のチャンスを逃すことができようか？

だが書斎での話し合いは、決定的なものだった。ジェイクの求めたすべては肉体であって、愛ではなかったのだ。彼はそのことをはっきりさせた。娘以外のだれかを、彼は愛したことがあるだろうか？　エリザベスの背信が彼の人間らしい感情を打ち砕いてしまったのかもしれない。今のジェイクは戦いに破れ、傷ついた、実体のないぬけがらにすぎない。

それにしても、父親には娘の居所を知らせておくべきではないか？　アニヤをひと晩ここに泊めて、あすの朝タクシーでフラットまで送り返すことにすればいいのだ。

ジョアンナは教えられた番号を押し、落ち着きなく相手が出るのを待った。呼び出し音がむなしく鳴り続けてもだれも出ず、彼女は不可解な失望感を味わいながら受話器を戻した。

どこに出かけたのだろう？　新しい家庭教師が見つかって、いっしょに食事をしながら話し合っているのだろうか？　いや、ホテルに泊まることさえ避けている男性が、だれであれ、初対面の人と食事をするはずはない。それならどこに？　ジョアンナは自分を笑った。ジェイクがだれと、どこにいようが、いったい自分になんの関係があるのだ？

玄関のベルが鳴り、暗がりにうずくまっていたジョアンナは、機械的に立ち上がってドアのほうに足を引きずっていった。だれも来る予定はなかったから、おそらくだれかがほかの家と間違えたのだろう。しかし、そこに立っていたのはジェイクだった。ジョアンナはたった今自分の心を占領していた男性が目の前にいることを信じられずに、呆然《ぼうぜん》と彼を見つめた。

「アニヤがここにいると聞いたので。迷惑をかけてすまなかった」

「ジェイク！」

あまりの衝撃にうつけたようにうなずき、ジョアンナは不確かな足どりで彼に背を向け、リビングに戻った。

背後でドアが閉まる音がして、ジェイクがあとからカーペットを踏んでくるのを感じてはいたが、ジョアンナは窓辺に立ち、何かに気をとられているようにじっと外を見つめていた。

「アニヤはどこに？」

「眠っていますわ」手の甲ですすり泣きを抑え、低くかすれた声でジョアンナはつぶやいた。

「そう」

沈黙が部屋を満たし、ジョアンナは自分がどんなに動揺しているか見破られまいと表情をかたくして振り返った。

「お、お元気ですか？」言ってしまってから、彼女はあまりにも陳腐な言葉にぞっとした。

「ぼくは変わりない」ジェイクは襟の内側に手を差し入れ、いらいらしたようにあたりを見回した。

「何かお飲みになります？　スコッチかジン、それともコーヒー？」

「何も欲しくない」彼は居心地悪そうに肩を動かした。「せっかくだが」

「本当に？」

「やめてくれ、ジョアンナ！　ぼくはパーティーに来たわけじゃない。アニヤがここにいることを妹から聞いて、それで引きとりに来たんだ。眠っているのならあすの朝迎えに来よう」

「私、いえ、私たち、話し合うべきだと思いません？」ジョアンナはみぞおちがきゅっと引きつれるのを感じながら口ごもった。

「話す？」ジェイクは警戒したようにきき返した。

「ええ」ジョアンナはソファに近づき、隅のほうに腰かけた。「お座りになって」

ジェイクは動こうともしない。

「新しい家庭教師のかた、見つかりましたの？」

「いや、まだだ。でもなぜ……?」

ジョアンナは震える息を吸いこんだ。「そのためにロンドンにいらしたのでしょう?」

「だれにそんなことを?」

「マーシャがそう言っていましたわ」

「君とマーシャとは面識がないと思っていたが」

「ここに帰ってきた夜、初めてお目にかかったんです」

「ぼくがロンドンにいることは、いつ妹から聞いたの?」琥珀《こはく》色の瞳は意味ありげに深まった。「アニヤがここに来たのは君の入れ知恵? それとも妹の考え?」

「だれの考えでもありませんわ! それに、あなたがロンドンにいることは、今夜、アニヤのことでマーシャに電話をかけたとき、初めて知ったんです」

「つまり、アニヤが突然思い立って君を探しにここに来た?」

「そのとおりです。まさか、私たちが計画したと疑っていらっしゃるんじゃないでしょうね? アニヤがひとりで危険な旅をすることを、私たちが望んだとでも? いったい、あなたはなんて父親でしょう!」

「確かにひどい父親だ」ジェイクは表情をゆがめ、長い指でうなじをさすった。「娘がぼくの行き先を知っていたことにすら気づかなかった」

「アニヤは知りませんでした」ジョアンナはためらい、それからしぶしぶ言い添えた。

「ただ、私に戻ってほしいと言いに来ただけですわ。あなたがここにいると知ったら、私と同じくらいびっくりするでしょう。ジェイク、お座りになって。冷静に話し合うべきですわ」

「ジョアンナ、娘によくしてくれたことはありがたいと思っている。しかし君がレーブンガースに戻るなんてことはありえないことだ、決して！」

ジョアンナは平手打ちをくらったような衝撃を受けた。それが思いがけなかったからではなく、彼の拒絶の激しさに鋭い痛みを覚えたからだった。これほど嫌われているとは思ってもみなかった。足もとからすべての土台が崩れ去ったかのようで、ジョアンナは惨めな気分でソファに沈みこみ、ジェイクがこのまま立ち去ってくれることを、これ以上戦いを引き延ばさないでくれることを、ひたすら願った。

「ジョアンナ……」ほとんど聞きとれないくらいのつぶやきに、彼女はおえつをこらえて顔を上げた。

ジェイクは苦悩のうめきをあげて床に膝をつき、ジョアンナのほっそりした手をとってたなごころに顔を埋《うず》めた。

今起こっていることが現実だとはとても信じられず、ジョアンナは長い間抑えつけてきた感情にとらえられて全身を震わせながら、ただ彼のうなじを見下ろしていた。

「ああ、ジョアンナ……」

苦しみにかすれた声で彼女の名を呼び、ジェイクは熱っぽいまなざしを上げてグリーンの瞳をとらえた。

「ジェイク……」

彼の唇が、愛に飢えたジョアンナに火をつける。官能の深みに溺《おぼ》れていきながら、ジョアンナは飽くことを知らぬ唇の貪欲《どんよく》さに我を忘れた。

ジェイクはジャケットをさっと脱いで床に投げると、ジョアンナをソファに押しつけた。ブラウスのボタンをはずしてばら色に染まった胸を賛嘆して見つめ、ジェイクはうめいた。「ジョアンナ、ここに来たとき、こんなふうになるつもりはなかったんだ」

「こうなってはいけない？」ジョアンナは彼のシャツのボタンをはずしながらささやき、突然不安に駆られたように目を上げる。「また私を追いやったりしないわね？」

「追いやる？」ジェイクは一瞬目を閉じ、それから再び美しくしなやかな体を見つめた。

「ジョアンナ、ジョアンナ、ぼくは大うそつきだった！」情熱に駆られ、彼は頭を下げて彼女の胸もとに唇を押し当てた。「いや、だめだ、君にこんなことはさせられない」

身を引こうとしたジェイクの首に腕をからまし、ジョアンナは澄んだ瞳で彼を見上げた。

「ジェイク、どうしたの？ 私のどこが気に入らないの？」

ジェイクは体の力を抜いてほっそりした首すじに唇をつけた。「君は完璧《かんぺき》だ。問題はぼくのほうにある。廃人同然のぼくが、どうして君に人生を分け合ってほしいと頼めるだろう？　たとえぼくが君に与えられる何かを持っているとしても、身のほど知らずのそしりは免れないし、だれもがしりごみするような問題児をかかえた中年男なんだ」

「まあジェイク……」それまでの不安はかすかな安堵《あんど》にとって代わる。「ばかなこと言わないで。私があなたを愛していること、知っているはずよ」

「君がそういう設定に夢中になっていることは知っている」ジェイクは荒涼とした口調で言った。「たぶん、ロチェスターとジェーン・エアになったつもりだろうが、現実は小説のようにはいかないんだ」

ジョアンナは弱々しくほほ笑んだ。「あなたをロチェスターに見立てたことはないわ。それに、あなたが前に言ったように、私はヒロインでもないのよ。ありのままのあなたを愛しているってこと、どうして信じてくださらないの？」

ジェイクは肘で体を支えて起き上がった。「君は頭がどうかしている」

「いけない？」

ジェイクは頭を振った。「君をぼくのものにすることはできない。少なくともまだだめだ」

「まだって、どういうこと？」ジョアンナは彼の手をとって唇に押し当て、ジェイクはうめきをあげて再び唇を重ねた。ジョアンナの大胆さは、男性の忍耐力の限界まで彼を駆り立てた。

「君が欲しい」荒々しく息をつき、彼はハスキーな声でつぶやいた。「でも、まずぼくたちは話し合わなければならない」ジェイクは意を決したように、からみついた両腕をそっとほどいた。

「話を聞いてほしい。ぼくがロンドンに来たのはドクターに会うためだった」何か言おうとしたジョアンナを黙らせて、彼は続ける。「どこも悪いわけじゃない。ただ、精神的な障害がどの程度重要なものか知りたかったんだ。ドクターはぼくが回復していると言った。もちろん、可能な限りという意味だろうが、実際はそれほど楽観的とは思えない」

「ジェイク……」ジョアンナは当惑して口を開いたが、彼は再び黙るようにと合図した。

「最初から始めよう、いいね？」真珠のような素肌の誘惑から逃れようとでもするように、ジェイクはブラウスの前をかき合わせた。「実は、まったく望みがないことを自分に納得させるためにやって来たんだ。しかし、ドクターは親身になってくれて、ゴードン・ブレイクニーに会いに行くようにとさえ勧めてくれた」

「ゴードン・ブレイクニーって？」

「ブレイクニー・エレクトロニクスについて聞いたことはない？」

「あなたが以前仕事をしていた会社なのね？　それで、会いに行ったの？」

ジェイクはうなずいた。

「結果は？」

「君はどう思う?」

「だめだったのね?」

ジェイクは皮肉っぽく笑った。「それほど単純だったらいいんだが」

「わからないわ」

「ぼくもさ。それが問題なんだ。ゴードンは新しいコンピューターのサーキットレイアウトを見せてくれたんだが、ぼくにはまったくちんぷんかんぷんだった」

「それが問題?」

「ぼくにとっては大問題さ」

「なぜなの?」

「なぜって? ジョアンナ、ぼくには君に与えられるものはほとんどない。でももし以前の職場に戻ることができれば、君にちゃんとした家庭と、人並みの生活基盤を与えることができるんだ」

「つまり、私のためにそこまで……?」

「君のことは忘れようと努めた。でも君が出発したあと、ぼくは気が狂いそうだった」

「ああ、ジェイク。お願い、私を愛していると言って!」

「愛しているのはわかっているはずだ。そうでなかったらどうして君を追いやったりするだろう?」

ジョアンナは広くたくましい胸に頬を寄せてシャツのボタンをもてあそんだ。「そんな理由、納得できないわ」彼女は感情的になって声を詰まらせる。「たかがコンピューターのサーキットのために私たちの生活を台無しにするなんて！　あなたといっしょなら、たとえ牛小屋で暮らさなければならなくても幸せなのに。だからお願い、そんなに自分に厳しくならないで！」

「時間が必要だ」ジェイクの声もまた、感情にかすれている。「ゴードンは仕事をくれた。まず手始めに比較的単純なやつだが、ぼくの能力を試すスタートになるかもしれない」

「あなたの力になれない？　二人でいっしょに……」

「いや、これはぼくひとりですべきことだと思う。今のままの生活状態で君を迎えることはできない」

「あなたが自分の能力を証明するまで、私はどうすればいいの？　あなたを待ち続ける？　どう出るかわからない結果を待ってむだな時間を費やせというの？　愛しているのよ、ジェイク。あなたが必要なの」

「時間をくれないか、ジョアンナ」

「いいえ！」自分がジェイクと同じくらい頑固だということを今こそ彼に思い知らせよう。

「もしあなたが私を必要としないなら、だれかほかの人と……」

「だめだ！　君がほかの男のものになるなんて、とうてい耐えられそうもない。トレバーでさえ……」

「ポールのこと？　そういえば彼、どう……」

言い終えるより先に、愛と嫉妬《しっと》の入りまじった激しい口づけにジョアンナの唇はふさがれた。

「わかった、君の勝ちだ」彼は唇を重ねたままつぶやいた。「ぼくがいない間にほかの男にとられたら大変だからね」

「ほかの人なんていやしないわ」はだけたシャツの間からのぞく男らしい胸毛が、ジョアンナの肌に触れる。「抱いて、ジェイク。二度とあなたから離れたくないわ」

「放すものか」ジョアンナを再びソファに横たえ、ジェイクは言った。「君のママやレディー・サットン、それにぼくの妹までが、寄ってたかって君の考えを変えさせない限り」

「みんな、あなたに考えを変えるように言うかもしれないわ」ジョアンナは、ほっそりとした指先をジェイクのうなじの髪にからました。

「ところで、君のママは？　帰ってらしてこんなふうにしているぼくたちを見たらどう思われるだろう？」

「母は日曜まで帰らないわ」ジョアンナはつぶやき、ふと思いついたアイデアにほんのりと頬を赤らめた。「今夜、ここに泊まったら？　あすの朝出直す必要がなくなるわ」

「君はそうしたい？」ジェイクは目を細くした。

「あなたは？」

「ああジョアンナ、ぼくがどうしたいか、わかっているくせに！　でももし、もし君をぼくのものにしたら、二度と君を行かせることはできなくなる」

「私を行かせないで、と頼んだでしょう？　ベッドへ行きましょう、ジェイク……」

ジェイクの表情は和らいだ。「わかったよ」

ソファからよろよろと立ち上がって明かりを消そうとしたとき、子どもの泣き声が聞こえた。ジョアンナはジェイクにさっと目を向け、ブラウスのボタンをかけながら母のベッドルームに急いだ。

「ジョアンナ、とても怖い夢を見ていたの！」自分の上にかがみこんでいる心配そうな顔に気づいて、アニヤは涙でくしゃくしゃになった顔で訴えた。「ママが車を飛ばして、またパパとあたしを殺すところだったのよ！」

「アニヤ」ベッドの縁に座り、ジョアンナは両手で冷たくなった少女の手を挟んだ。「あなたは夢を見ていただけ。だれもあなたを傷つけやしないわ。私がついているし、それに、パパもここに来ているのよ」

「パパが？」アニヤは目を輝かした。「どこにいるの？　会いたいわ」

「ここにいるよ、アニヤ」ジェイクはベッドの反対側に回ってしゃがみ、冷たさのかけらも残っていないまなざしでジョアンナの視線をとらえた。

「ここで何してるの、パパ？」すっかり夢からさめたアニヤは不思議そうにきく。「ジョアンナが呼んだの？　どうしてこんなに早く来られたの？」

「パパはロンドンに来ていたんだ。マーシャ叔母さんからおまえがここにいることを聞いて飛んできたんだよ」

「あたしがどうしてここに来たか、ジョアンナから聞いた？　あたしのこと、怒ってる？」

「そうすべきだろうが、今度だけは大目に見よう。おまえのしたことがみんなの幸せにつながったんだから」

アニヤはけげんな顔つきで父親を見つめた。「なぜ？　ジョアンナが帰ってきてくれるの？」

「そうだと言ったら？」

「すごいわ！」

ジェイクはちらっとジョアンナに目を上げた。「戻ってきてくれるが、先生としてじゃないんだ」

「先生じゃない？　でも……」

「パパがジョアンナと結婚すると言ったら、おまえはどう思うかな？」

アニヤは困ったようにつぶやいた。「ジョアンナはパパと結婚したいの？」

「私はあなたを、そしてあなたのお父さまのことも愛しているの」ジョアンナは少女に率直に話しかけた。「もしあなたのお父さまと私が結婚すると、あなたにはまたママができることになるわ」

「ママなんかいらない」アニヤは唇を震わせた。「あたしの先生と友達でいてくれればいいのに」

「ママというのは先生でもあるし友達でもあるのよ。わかってちょうだい、アニヤ。三人で助け合えばきっと幸せになれるわ」

アニヤはまだ疑わしげな様子だった。「あたしたち、ロンドンで暮らすの?」

「いつかはそうなるだろうね」ジェイクは優しく言った。

「寄宿学校に行かなくちゃいけないの?」

「行きたくないのかい?」

「あんまり」

「そのことについてはあとで話し合いましょう」ジョアンナは口を挟んだ。「いい子でいると約束したら、家から通える学校を探せると思うわ」

「そうしたら学校まで送ってくれる、パパ?　ずっと前みたいに?」

「もちろんさ」ジェイクはほほ笑んだ。

「じゃ、あたし考えてみる」

ジェイクはくすっと笑った。「さ、寝るんだ。あしたの朝また話そう、いいね？」

「パパも泊まるの？」立ち上がった父親を不安そうに見上げてアニヤはきき、ジェイクはうなずいた。

「おやすみ」ジョアンナの手をとって部屋から出ていきながら、ジェイクは言った。

それから九カ月後、ジョアンナはセントジェームスパーク近くのフラットのベッドルームに立ち、窓から外を見つめていた。背後からシャワーのほとばしる音が聞こえる。その夜、ゴードン・ブレイクニー夫妻を招いた初めてのディナーパーティーは大成功で、ジョアンナは幸福感にひたっていた。

シャワーの音が止まり、間もなくクリーム色のバスローブを着たジェイクが部屋に入ってきた。

「すてきだ」彼はシルクのナイトドレスの細い肩ひもをはずそうとしながら妻を抱き寄せたけれど、優しく押しとどめられて、つややかな肩にそっと唇をつけるだけで我慢しなければならなかった。

「パーティー、とても楽しかったわね？」

ジェイクは顔を上げていたずらっぽく笑った。「それよりもっと楽しいことがあるさ。そう、でも確かに楽しいパーティーだった。君がゴードンを気に入るのはわかっていたよ」

「奥さまもとてもいいかただ。来週お昼に招待してくださったわ」ジョアンナはほんの少し頬を染めた。「いろいろ教えていただくつもり」

ジェイクはふっくらとしたジョアンナのおなかを見下ろした。「目立つようになってきたね？　気になる？」

「あなたは？」ジョアンナは優しく質問を返し、琥珀色の瞳にその答えを読みとった。

「愛しているよ。君の中でぼくの子どもが育っているなんて最高だ。さあ、ベッドに入ろう。あしたも仕事があるから早く休まないと」

「ね、私だってあなたの力になれたでしょう？」ジョアンナはからかうように夫を見上げた。「私が言ったとおり自分と戦うのをやめたとたん、あなたは治ってしまったわ」

「君のおかげだ。君がいなかったら再びやり直す勇気は出なかっただろう」

ジョアンナはほほ笑んだ。「私は農場暮らしでも幸せだったわ」

「わかっている。だから新しい農場を買ったんだ。マットとミセス・パリッシュのためにもなるし」

「子どもたちも思いきり飛び回れるわ」

「子どもたち？」

「ええ、アニヤと……」

「そしてぼくたちの子。ああジョアンナ、君なしではとても生きていけそうもない」

「あんなに私を追いやろうとしたのに?」ジョアンナは愛をこめて彼をにらむ。

「ばかだった」ジェイクはしっかりと妻の体を抱きしめた。「もしアニヤが君を探しに来なかったら、ぼくたちは決してこんなふうには……」

「しいっ、わかっているわ。私たち、アニヤのおかげでこうなったんですもの」

「そしてあの子は君のおかげで子どもらしさをとり戻したんだ。マーシャの意見は正しかった」

「私たちがこうなっても、マーシャは少しも驚いていなかったわね? むしろママのほうがびっくりしていたわ」

ジェイクは妻を抱き上げてベッドに運ぶと、バスローブを脱いで自分もシーツの間に滑りこんだ。「そういえば、マーシャが子守を引き受けると言っていた。子どもが生まれたあと、アニヤと赤ちゃんを預かってくれるそうだ。ハネムーンを過ごしたバルバドスにまた行ってみないか? 月の輝くビーチで愛を語るってコースはどう?」

ジョアンナは幸せそうに笑う。「あなたといっしょなら、私、どこへでも行くわ」そして今度は、肩ひもをはずす夫に逆らおうとはしなかった。

●本書は、1985年11月に小社より刊行された作品を文庫化したものです。

小さな悪魔

2025年3月15日発行　第1刷

著　　者／アン・メイザー

訳　　者／田村たつ子（たむら　たつこ）

発　行　人／鈴木幸辰

発　行　所／株式会社ハーパーコリンズ・ジャパン
東京都千代田区大手町 1-5-1
電話／04-2951-2000（注文）
0570-008091（読者サービス係）

印刷・製本／中央精版印刷株式会社

表紙写真／© Reana | Dreamstime.com

ISBN978-4-596-72610-0